DE LA MÊME AUTRICE

Dans l'eau je suis chez moi, *Verticales, 2018 ; prix Murat « Un roman français pour l'Italie », 2019*

De l'autre côté de la peau, *Verticales, 2020*

nos corps lumineux

aliona gloukhova

nos corps lumineux

roman

verticales

Pour l'écriture de ce texte, l'autrice a bénéficié du soutien de l'IMEC – Institut Mémoires de l'édition contemporaine et de l'Académie de Normandie, dans le cadre d'une résidence à l'abbaye d'Ardenne, du soutien de la Maison Julien-Gracq, dans le cadre d'une résidence, du soutien de la Fondation Facim, dans le cadre d'une résidence financée par le Centre national du livre, du soutien de La Marelle dans le cadre d'une résidence à La Ciotat. Aliona remercie chaleureusement les personnes et les institutions qui ont accompagné et permis l'écriture de ce livre.

Mon mari a cessé de m'aimer.

Il m'en a informé à distance au mois de juillet 2019. J'étais dans un café à Minsk – lui, dans notre appartement à Pau. Je regardais les couleurs floues de son visage défiguré par une mauvaise connexion, je le trouvais toujours beau, un peu mélancolique. Un serveur s'est approché de moi et m'a demandé de payer, le café fermait.

Je suis sortie sur le trottoir, me suis mise près de la porte où j'arrivais encore à capter le wi-fi, je l'ai rappelé. *Tu es sûr ?* Ce n'était probablement pas la meilleure chose à demander à la personne qui venait d'avouer son désamour.

J'ai cherché à accorder mon silence intérieur avec les klaxons des voitures, à l'heure de pointe. Je voulais être ailleurs, mais n'arrivais plus à bouger. Se déplacer aurait signifié transformer le présent en passé. J'aurais voulu rester quelque part en chemin, suspendue.

Une demi-heure plus tard, mon amie Irina est arrivée, j'étais au même endroit, elle avait deux verres à café remplis de vin rouge dans les mains. *La géométrie des histoires amoureuses est désaccordée*, m'a-t-elle dit – *on coïncide, mais pour de brefs instants et puis on ne sait plus comment se rencontrer.* Le vin était très acide, dehors il faisait froid.

Irina a marché à côté de moi, nous avons traversé des rues en silence, la parole me revenait, incomplète, avec des bribes que j'essayais d'attraper. J'étais à la fois projetée en avant et tenue en arrière, aliénée de mes bras, de mes jambes. Le silence d'Irina était réconfortant. Elle me disait juste *à droite*, ou *c'est rouge, on attend*, puisque apparemment je n'étais pas complètement là.

D'où vient ce petit accent? me demande-t-on très souvent.

Pour répondre à cette question, je prends une feuille et je dessine deux points, un pour la ville de Minsk où je suis née et un autre pour celle où je suis à ce moment-là – Paris, Pau, Saint-Pierre-d'Albigny. Je relie ces deux points par une ligne et j'écris le nombre de kilomètres : 2055, 2670, 2037. Cela fait dix ans que je suis partie.

Je pense à ma grand-mère qui a parcouru toute la Russie en train, elle avait 26 ans. J'ai toujours perçu cette façon familiale de le raconter comme une exagération. Jusqu'au jour où, quelques mois après sa mort, j'ai ouvert la carte de la Russie et j'ai appelé ma mère pour lui demander où étaient les points de départ et d'arrivée. *Peny*, a dit ma mère, un petit village à la frontière de l'Ukraine, et *Khabarovsk*, à la frontière de la Chine. Entre les deux – 8173 kilomètres.

Aujourd'hui j'imagine ma grand-mère dans le train, des nuits noir et bleu, des jours aux ciels couverts, il pleut ou il neige, elle a parfois besoin de fermer les rideaux tant ce soleil qui vient de nulle part est aveuglant. Elle regarde les forêts courir, dans ce paysage mouvant elle essaie peut-être d'imaginer sa vie future dont elle n'a aucun indice. Ce devait être la première fois qu'elle faisait un si long voyage, elle était en fuite. Je ne sais pas si elle avait pris assez de vêtements chauds, combien elle avait d'argent sur elle. Quelles conversations entretenait-elle avec les autres passagers ? Devait-elle mentir pour ne pas avouer la raison principale de son voyage, donnait-elle son vrai prénom ?

D'où vient ton accent ? Cette question me ramène dans des endroits différents, mais très souvent je vois la forêt : c'est une forêt nocturne, je la traverse en courant, sens la brume humide, vois des pins très grands. Je sais que leurs troncs me protègent, ces cimes lointaines, il faut lever la tête et rester ainsi jusqu'à en avoir mal à la nuque, je peux compter les étoiles, les relier dans des constellations nouvelles.

Quand ai-je senti qu'être suspendue m'était confortable ? J'ai pris un train de Minsk à Vilnius, ensuite l'avion, j'ai traversé la frontière aérienne de la France et je suis restée. Je ne pensais pas que cela arriverait, cela a eu lieu. Mon français est imparfait et j'ai un accent. Parfois on ne me comprend pas, je fais des phrases étranges, obscures, et je ne parle pas très fort. C'est embêtant pour ceux qui s'adressent à moi, cela leur demande davantage d'attention.

Peut-être que ce dysfonctionnement de langage sert à nous interrompre. Ne pas comprendre est un bon début : on s'arrête et on essaie d'être vraiment là.

J'avais très froid quand je suis tombée amoureuse de lui – mes pieds étaient trempés, nous marchions dans la neige, elle fondait à l'intérieur de mes chaussures. C'était au mois de février à Kiev, en 2012. Celui qui n'était pas encore mon mari était venu pour un voyage de travail. J'ai pris un train de Minsk pour le rejoindre. J'ai eu envie de le revoir sans savoir pourquoi. Nous nous étions connus en 2007, avions fait des études ensemble : une année à Poitiers, six mois à Lisbonne, puis à Madrid. Je suis rentrée au Bélarus ensuite, il est resté en France. Nous ne nous sommes pas vus pendant deux ans.

Il faisait -15 °C, *comme dans un réfrigérateur*, a-t-il plaisanté lors de notre balade du soir. On nous voyait peut-être de loin refaire des tours involontaires dans les rues qui s'éloignaient de la place centrale, le sable se mélangeait à la neige, des lanternes étaient allumées. On a pris une photo pour nos amis de master venus de pays où il ne neigeait jamais. Quatre jours plus tard il est parti.

J'ai eu cette sensation entre la poitrine et la gorge, près des oreilles – l'envie de dire des phrases longues, de courir. Je sais aujourd'hui qu'il est possible de détecter par avance une relation à venir, de sentir des turbulences mineures sur la peau. Quand on reste à côté de quelqu'un assez longtemps, l'air change, les corps deviennent liquides. Il y a des intuitions qui précèdent l'amour – des chemins obliques que l'on choisit de suivre pour des raisons obscures.

Je suis peut-être davantage tombée amoureuse de lui au cours de ces mois à distance où l'on tenait de longues conversations par Skype, moi à Minsk, lui au Mans. Une certaine amitié s'est incrustée dans les horaires de nos journées. Je me rappelle surtout cette fois où il avait mis ses lunettes de piscine pour me faire rire.

Je vois aujourd'hui des lignes parallèles qui se croisent selon une géométrie non euclidienne, deux vies. Est-ce qu'une relation amoureuse, amicale, est une occasion de marcher dans les pas de celle ou celui qui ne sera jamais moi ? On emprunte sa respiration comme on emprunte une robe, un parapluie, pour lui donner la nôtre – souffle, battements.

Les oiseaux se mettent sur les arbres pour dormir, leurs plumes tremblent. Le matin ils s'envolent ensemble, ai-je enregistré sur mon téléphone le lendemain de l'appel de celui qui ne m'aimait plus. J'étais dans ma chambre à Minsk. À travers la fenêtre je voyais un arbre bouger – des oiseaux noirs sur les branches, une cime liquide. Mon corps, je le sentais, était dans le même mouvement, mais de l'extérieur, ça ne se voyait pas. Je suis revenue dans l'appartement de ma mère, où je dormais quand j'avais 15 ans et où j'étais déjà capable de m'imaginer ailleurs. Je m'y suis retrouvée à 35 ans – sans objectif, mari, boîte aux lettres.

L'agrégation est un regroupement par attraction réciproque, m'a expliqué ma mère, en parlant d'un vol d'oiseaux qui forment des figures dans le ciel, *certaines relations se limitent à une synchronisation des activités*, voulait-elle peut-être me dire.

L'appel de celui qui était toujours mon mari a perturbé cette synchronisation chez moi, chez nous. Je me rappelais mes pieds entre les siens, nos regards inclinés, les têtes penchées dans la même direction.

Était-ce de l'amour, un mouvement coordonné des corps ? Étions-nous des oiseaux ?

Pour envisager la rupture, il fallait se mettre par terre et permettre au reste de flotter. Regarder le plafond ne me rassurait pas, mais a rendu ma tristesse horizontale et plate. Je réapprenais à observer le monde toute seule, détachée. Mon corps a gardé son intégrité, je me sentais néanmoins dispersée.

Je me souvenais de nous lors d'un été noir, chez ses parents. Il passait devant moi, s'arrêtait, je pouvais voir la lune au-dessus de sa tête. Il était plus grand que moi sur les photos que nos amis prenaient, on se perdait dans une forêt.

J'essayais de ne pas deviner ses déplacements à distance, sans le savoir je bougeais peut-être dans la même direction. Je pensais aux bancs de poissons qui changeaient de direction, je me demandais si c'était justement une incapacité à tourner assez vite qui avait causé une fissure, un déséquilibre. Pour avancer à deux, il fallait se coller davantage.

Les brouillards m'interpellent, m'a dit mon ami Serge par Skype.

Il m'a appelée de chez lui, il vivait à Aste-Béon, à 35 kilomètres de Pau. De sa fenêtre il voyait la montagne, je le déduisais de son regard qui quittait l'écran pour aller plus loin. Il écrivait un scénario, l'histoire d'une famille de vieux croyants qui vivait dans la taïga sibérienne, dans la chaîne montagneuse d'Abakan, en Khakassie. Il m'expliquait que la substance de la forêt, le froid, l'humidité, la rivière, influençaient les personnages.

La première scène commence dans le brouillard, tout est confondu et on ne voit pas bien. Ce brouillard se déplace, son visage tremblait sur mon écran, parfois cela ne captait pas très bien chez lui. *Il est impossible de prévoir le mouvement de l'eau évaporée, c'est comme plusieurs fréquences en même temps*, a-t-il dit, et son image s'est figée.

Trois mois avant de découvrir le désamour de celui qui était toujours mon mari j'ai passé mon code. Les cours de conduite sont tombés au moment où j'avais besoin de me projeter, le permis était un objectif fiable. *C'était mon rêve de conduire un bus*, me racontait Sarah, ma monitrice, elle m'appelait *ma belle* quand je me collais aux voitures garées à droite. *Tu as quelque chose contre leurs propriétaires ?* me demandait-elle gentiment.

Je vais devenir conductrice de bus de voyage, m'a-t-elle avoué, et ensuite, sans changer la direction de sa voix, a ajouté : *il faut freiner, avant de rétrograder, tu freines.* Je me suis retournée, étonnée, j'avais oublié le rond-point que j'étais en train de traverser. *Tiens-toi à droite*, j'essayais à la fois de mettre le clignotant, de regarder d'autres voitures et de ralentir, il y avait toujours quelque chose qui m'échappait, quelque chose que je ne captais pas.

Imagine-toi, je vais faire des voyages – en Pologne, au Portugal, j'irai peut-être dans ton pays, comment il s'appelle déjà ? C'était un démarrage en côte, mon pied tremblait au-dessus du frein, j'espérais que Sarah ne s'en rende pas compte. *Tu peux respirer,* m'a-t-elle dit, *quand tu t'arrêtes au feu, tu lâches.* Mes mains se crispaient sur le volant.

Cinq mois avant que celui qui était encore mon mari m'ait annoncé son désamour, on avait décidé de faire une pause. J'ai imaginé nos corps libres, courant, épanouis dans les champs, des bulles d'air. Mon mari m'aimait encore, ou le croyait du moins. On s'est mis à l'arrêt, une période sabbatique pourrait sauver notre mariage, s'est-on dit, il nous fallait du temps. On n'a pas précisé le nombre ni le contenu de ces semaines à part.

On a mis du silence, je suis partie vivre à côté de la rivière, à Bizanos, chez Anaïs. Je croyais qu'un détour était possible, qu'on pouvait reprendre ailleurs, comme un objet tombé que l'on ramasse par terre, on enlève la poussière, on le remet sur une surface stable, horizontale, nouvelle.

En août 2018, nous étions partis en vacances dans le Pays basque espagnol, l'été suivant on le passerait séparément. À Bermeo, j'ai crié dans les rues, je voulais apprendre le chant du goéland – une gorge tendue, un son plié, mon mari tenait ma main. *Tu as honte ?* lui ai-je demandé. *Non, continue.* Les goélands qui me répondaient étaient des adolescents, je l'ai découvert plus tard, leur plumage était différent. Ce n'était pas pratique de faire l'amour dans la salle de bains, mais il n'y avait pas de portes ailleurs. Il faisait très chaud.

En septembre 2019, un mois et demi après son coup de fil, j'ai emménagé définitivement chez Anaïs. Je me découvrais avec des objets qui ne m'appartenaient plus, surtout la nuit. Quand cela arrivait, j'essayais de retenir ma respiration, d'expirer longuement, mon mari me l'avait appris. Autrefois on le faisait à deux, des météorites solitaires dans la nuit – des corps déséquilibrés. Un de nous essayait d'attraper l'autre, mais parfois les deux tombaient en même temps.

Tu as oublié de mettre le frein à main, m'a dit Sarah, *il faut le faire quand nous sommes en pente*. Je n'arrivais pas à m'arrêter, ma tendresse était toujours lancée.

L'appartement d'Anaïs se situait près du cimetière, j'ai commencé à me lever vers 4 heures du matin. À 6 heures, quand on se retrouvait dans la cuisine, on parlait des vibrations de l'air ou des espaces entre les mots. Les mouvements minuscules de la vie m'intéressaient. Parfois on regardait un oiseau en face – il ouvrait les ailes et restait ainsi, sans s'envoler, pendant plusieurs minutes, en arrêt. *Il attire les femelles peut-être*, présupposait mon amie, *ou c'est un être humain, mais mort ?*

À cette époque Anaïs, poète et comédienne, écrivait des textes courts sur des objets qui n'avaient pas de bords et des poèmes qu'elle appelait des *embrouillages. Embrouiller* pour elle voulait dire perturber les habitudes, les automatismes quotidiens. *Une question déplacée, un cri de goéland est suffisant pour réveiller la personne devant toi*, disait-elle, *essaie, ça rend tout vivant à nouveau.*

L'automne qui a suivi l'appel, j'avais souvent mal et des regrets. Parfois je m'asseyais sur le trottoir de la ville et restais ainsi quelques minutes, le déplacement de mon centre de gravité me calmait. J'explorais des positions de corps qui m'étaient accessibles et le pouvoir d'un embrouillage dont Anaïs me parlait.

J'avais découvert que les passants s'adaptaient facilement au changement de paysage, ils me contournaient, leurs regards ne se posaient pas sur moi, leur indifférence était si douce.

Le monde ne va pas droit, m'a dit un jour une femme près du marché, des poireaux non coupés sortaient de son sac.

Avez-vous cherché quelque chose longtemps sans savoir exactement ce que vous cherchiez ? demandé-je parfois à mes amis, mes proches, aux personnes que je venais de rencontrer. Quand je pose cette question, je sais que je n'aurai pas de réponses, mais parfois il y en a. Des *oui, oui*, des *bien sûr.* Des *non* aussi ou des *je ne comprends pas.* Est-ce que tout le monde connaît cette quête incertaine, nécessaire ?

En allemand il existe un mot, *Fernweh.* Il décrit la nostalgie d'un endroit où l'on n'est jamais allé, d'un lieu inconnu, une envie d'être loin, ailleurs. Cette nostalgie est porteuse, je la vois comme un horizon possible pour des personnes qui cherchent.

Les personnes qui cherchent sont comme en suspension, ai-je dit à mon téléphone trois semaines après la séparation. *Les personnes suspendues sont très attentives à ce qui se passe.*

J'ai cherché pendant vingt mois. Je ne sais pas ce que j'essayais de trouver : un ailleurs, un chez-moi ? Était-ce la même chose pour ma grand-mère quand elle parcourait la Russie en train ? Avons-nous trouvé ?

De ces vingt mois de quête, il me reste des fichiers audio de cinq minutes. J'en ai fait tous les jours : je me mettais dans un endroit calme et je me parlais à moi-même, à celle qui était en déséquilibre. J'écoutais ensuite ces enregistrements sous la couverture, au moment où les souvenirs me retombaient. C'était ma technique : je me racontais des histoires, comme on croise les doigts pour éviter les dangers ou on compose des prières pour parler à ceux qui ne sont plus là.

Parfois je lance un de ces enregistrements au hasard. Je m'entends dire le temps qu'il fait, décrire l'endroit où je suis. Ma voix est si lointaine, différente d'aujourd'hui. Je m'entends parler de ce que j'appelais *des expérimentations*.

Si tu as mal ou peur, deviens exploratrice, me disait mon grand-père. C'est peut-être pour cette raison qu'il cartographiait le ciel, ce n'était pas sa profession pourtant, il était militaire.

Je réaménageais mon passé, il cachait des réponses, je cherchais des appuis pour un corps en déséquilibre, je parlais des stratégies à adopter dans cet espace inconnu qu'était devenue ma vie. Je sentais que c'était possible de vivre la perte autrement, mais je ne savais pas comment.

Ce qui me préoccupait cet automne, c'était la discontinuité, le fait que le temps ne coulait pas, mais advenait subitement, il ne représentait pas une distance parcourue dans un couloir rempli d'événements qui s'éloignaient. Autrefois j'étais une certaine personne, mariée et stable, dorénavant je ne l'étais plus – j'étais pourtant toujours lancée vers l'autre, *un projectile inutile*, dit ma voix de septembre 2019.

Je suis trop sensible, m'expliquait le chauffeur du bus n° 8, le jour où je me suis trompée de direction et sentie incapable de descendre. Il souriait dans le rétroviseur. Je profitais d'être à la fois immobile et déplacée – le n° 8, vide, parcourait les rues de Pau, c'était brumeux et couvert. *Quand je travaillais comme contrôleur, ils me mentaient, mais je voulais les croire*. Cet automne les inconnus devaient sentir en moi un espace vacant laissé par quelqu'un, une sorte de silence qui leur permettait de m'adresser facilement la parole.

Seule dans le bus, je pouvais réorganiser mes souvenirs, les mettre autour de moi, sur les sièges de devant. Je me suis rappelé un soir il y a sept ans. On s'était retrouvés sur le même canapé dans l'appartement de mon amie Suzanne à Paris, j'avais gardé mes vêtements.

Celui qui n'était pas encore mon mari m'a réveillée dans la nuit pour me dire qu'il avait *des sentiments pour moi*. C'était comme la chute d'un objet. *Je suis non fonctionnelle*, lui ai-je dit en me référant à mon état endormi, était-ce un avertissement ? Il y a ces moments qui sont comme des traits dans un cahier – un changement de trajectoire est possible, ce sont des moments de discontinuité joyeuse. Le lendemain je le regardais dans sa veste noire, il était si proche, je pouvais toucher sa joue, sa joue très froide.

Dans le bus je me souvenais encore de ce matin où il faisait frire des œufs dans une petite cuisine, même à l'étroit ses mouvements étaient précis. Son corps contournait tous les angles, il n'était jamais perturbé, il avait glissé l'omelette dans mon assiette d'un geste sûr. J'avais envie de me retrouver dans son monde, où les corps étaient soutenus.

Savais-je ce jour-là, déjà, qu'à Mont-de-Marsan j'aurais des fleurs dans les cheveux, pauvres camomilles, une robe rouge et une insomnie avant le mariage à la mairie, et la nuit d'après, où l'on boirait de l'armagnac sur le parking de l'hôtel avec Suzanne et Mathieu, mes témoins, les mots des chansons écrits sur leurs bras ?

Je sais que c'est difficile d'être au centre de l'attention, mais on peut t'oublier complètement si tu veux, m'a dit Mathieu, c'était très attentionné. Suzanne a chanté en russe. Quelques heures avant, elle a renversé une bouteille d'eau sur ma tête, le jour de notre mariage il faisait 39 °C et nous avons fait une bataille d'eau. Elle m'a chanté *Les Yeux noirs* en russe et a balancé quelques blagues privées à l'ensemble des trente invités, personne n'a rien compris, sauf moi.

Le lendemain de la nuit où il m'a avoué ses sentiments, celui qui n'était pas encore mon mari a fait mes lacets, il m'a expliqué que cela le perturbait qu'ils soient défaits, il ne voulait pas que je tombe. Deux jours après, à la gare Montparnasse, nous ne nous sommes pas pris dans les bras – c'était trop grand, cette réalité découverte en nous, suivie des adieux. Il est parti au Mans, j'ai senti un mélange de lucidité et de vertige, perturbant, doux.

Je tenais mal mon équilibre dans le métro parisien, je ne sais pas si les gens dans le wagon se rendaient compte de mon état proche de l'évanouissement. Le soir, mon ami Jérôme, photographe, m'a parlé de sa série solaire, m'a montré les clichés sépia doré. *Le temps va à l'envers*, a-t-il dit, *les souvenirs changent de couleur quand on y revient.* Le monde m'échappait, quelque chose partait et arrivait en même temps, je tombais probablement amoureuse.

Chute est un nom féminin, ai-je enregistré au mois de septembre. *Comme la pluie, la neige, la tête, la forêt*, avais-je dit d'une voix à peine réveillée.

Chuter est l'action de tomber, de perdre l'équilibre, d'être entraîné vers le sol.

C'est une activité : celle de déplacer son point de gravité.

Quand j'entends cette voix, je pense à mes expérimentations d'enfant : des extrémités m'attiraient, je pouvais tout imaginer autour. Je m'asseyais sur le bord de la fenêtre, les jambes suspendues à l'extérieur, je regardais la tête des gens qui passaient. Pour changer la position du monde, je me mettais sur une jambe puis je m'inclinais. Cela m'arrivait de faire tomber des objets et de les rattraper, mais je ne réussissais pas toujours.

Deux mois avant que mon mari ait découvert qu'il ne m'aimait plus, j'ai bu une bière sur le boulevard des Pyrénées de Pau avec Anaïs, il faisait 27 °C, il y avait un peu de vent. J'étais sans doute ivre, le dos de ma main, que j'ai mis sur ma bouche avant de dire à mon amie que je devais partir, sentait l'alcool. J'ai presque oublié mon sac, mes cheveux étaient partiellement détachés. J'ai traversé la rue, plusieurs carrefours, les angles des bâtiments étaient moins pointus. En passant dans notre rue, celle qu'on n'a jamais nommée *la nôtre*, je me suis souvenue d'un soir où j'avais découvert une hirondelle tombée sur le dos, son cœur caché, elle respirait à coups secs. J'avais appelé mon mari, m'étais assise à côté. Le temps qu'il descende, qu'il apparaisse dans l'embrasure de la porte, l'hirondelle s'était envolée. Le soleil tombait, mon mari m'attendait. Deux ans après, je revenais un peu ivre. J'ai monté l'escalier, mon mari n'est pas descendu me chercher, je ne l'ai pas appelé.

Je n'ai pas pu m'approcher de lui. Peut-être était-il déjà ailleurs, je me souviens de la porte d'entrée, d'un courant d'air. Le contact de mes lèvres sur les siennes lui était à cette heure impossible. J'approchais mon visage, il détournait le sien. Je regardais le mur, ensuite la fenêtre. Je n'étais pas encore dans l'endroit où le changement avait eu lieu. Ce soir-là j'ai dormi sur le canapé, ou dans le lit avec lui ou les deux. Décider des distances dans des périodes intermédiaires est une affaire compliquée. Le lendemain je suis repartie. Quelques jours après, j'étais à la gare, ma valise était très lourde. Anaïs m'a dit que *j'étais une femme qui tenait le vent* ou quelque chose de ce genre.

J'essayais d'expliquer à Anaïs cette sensation d'être dans plusieurs endroits en même temps, *ce n'est pas possible*, me disait-elle, mais quand je lui parlais du vent lors du voyage, elle comprenait, ce changement progressif de soi quand on change de lieu et qu'on s'invente une histoire.

Une fois quand j'avais 7 ans on m'a laissée seule dans l'appartement familial à Minsk. Je n'ai ressenti aucune solitude ni la grandeur de l'espace vide sans adultes, du moins je ne me rappelle pas. Quand mes parents sont revenus, j'étais assise par terre avec un livre de ma sœur. Je dessinais dessus et je me racontais quelque chose, *tu parlais toute seule*, m'ont dit mes parents.

Cela me rassurait d'inventer des histoires, je m'y sentais chez moi. Je dessinais sur les pages du livre d'astronomie, par-dessus des planètes, des ciels.

Mon grand-père m'a appris à lire à 5 ans, je me souviens des enfants rassemblés autour de moi à l'école primaire où j'ai découvert comment c'était d'être avec les autres à travers une fiction.

C'est lui aussi qui m'a dessiné des étoiles au crayon sur un papier très fin. Je me rappelle les lumières solitaires en dehors des constellations et sa main aux doigts très fins qui me tenait quand on descendait l'escalier pour que je ne tombe pas.

Le seul livre que j'ai emporté avec moi en quittant le Bélarus est un *Atlas de la face cachée de la Lune*, édité en 1960, je l'ai pris dans la bibliothèque de mon grand-père. C'est un livre bleu-gris, scientifique, son titre est imprimé dans un octogone noir.

La face cachée de la Lune a été photographiée pour la première fois par la sonde soviétique Luna 3 le 7 octobre 1959. Une des premières images est apparue le 27 octobre 1959 dans le journal la *Pravda*. Elle a été prise sous la lumière du Soleil tombant à l'angle d'inclinaison proche de 90 degrés.

À partir de ces photographies, la première carte de la face cachée de la Lune a été créée, elle contient des centaines de détails de surface identifiés par leurs caractéristiques de réflexion. Toutes les formations du relief lunaire sont divisées en trois catégories : les formations aux contours clairs et bien distinguables – *des objets de première catégorie de crédibilité*, les formations visibles uniquement sur certaines photographies –, *des objets de deuxième catégorie de crédibilité*, les formations aux contours flous –, *des objets de troisième catégorie de crédibilité*.

Parfois j'ouvre une page de l'atlas au hasard pour trouver une réponse à la question du jour.

Quel est mon chemin ?, j'ouvre le livre, je mets le doigt au milieu de la page de droite. Je tombe sur un *des objets de la première catégorie de crédibilité. C'est l'objet n° 107, Jules Verne*, lis-je, c'est une tache sombre qui apparaît sur la photo 29. Les contours sont nets, le fond est uniformément sombre, un remblai se dégage légèrement. *Apparemment*, est-il écrit dans le tableau, *c'est un cratère de forme ronde, situé dans la région de la mer de Rêve*. Coordonnées de l'objet : alpha +5 bêta −37.

Je me demande si c'est possible d'être précis quand on ne sait pas exactement ce que l'on décrit, quand on est les premiers à déchiffrer l'information autrefois indisponible, quand on ne sait pas ce qu'on regarde. On dit souvent *apparemment*, on parle *des degrés divers de crédibilité*, on cherche notre chemin à vue.

Parfois dans la vie, surtout quand on est suspendu, on essaie de deviner de quoi le futur sera fait, de décrire les événements qui n'ont pas encore eu lieu. C'est un peu comme concevoir un atlas à partir des clichés des formations aux contours flous, rien n'est certain, tout est possible, nos points d'atterrissage sont à réinventer.

Une caresse sollicite ce qui s'échappe, ai-je récemment dit à mon téléphone.

Pendant vingt mois j'ai cherché les réponses aux questions que je n'arrivais pas à poser. Ma mère traduisait un livre de Heidegger à l'époque. Elle m'a expliqué que pour Heidegger la philosophie était *une nostalgie, une envie d'être partout chez soi*. Pour retrouver ce chez-moi je prenais certaines phrases dans les textes que je lisais, les libérais de leur contexte, elles devenaient mes appuis.

Dans son *Totalité et Infini* Levinas parle d'*une main tendue qui cherche ce qui n'est pas encore, ce qui est moins que rien*. Je regarde mes mains, touche mes lèvres pour sentir ce que Levinas voulait dire en écrivant qu'*une caresse marchait à l'invisible*. Parlait-il de ce geste inachevé, d'un fil tendu vers quelqu'un qui n'était plus là ?

Je me rappelle la fenêtre de notre appartement d'où l'on voyait des hirondelles en été et des arbres fleuris aussi.

Parfois on entendait des cris d'enfants ou d'adultes, mais on n'arrivait pas à voir ceux qui criaient, on passait des soirées sur un balcon qui n'en était pas un – c'était un couloir avec beaucoup de fenêtres, *une verrière*, disait mon mari.

Les courants d'air tombent sur les corps en attente de tendresse, perdus, effleurent nos corps en solitude, disais-je à mon téléphone, à moi ou à quelqu'un. Je me perdais dans les rues de Pau qui devenaient vides avec cet automne qui s'installait.

Je pense aujourd'hui à nos corps éloignés au début, j'étais à Minsk, lui au Mans. On organisait nos croisements géographiques – à Kiev, à Paris, à Istanbul. Des corps aimantés dans un champ magnétique – on avait décidé de faire durer ce qui débutait, de le rendre stable dans un temps partagé. Une fiction nouvelle réorganisait tout : mes cheveux se souvenaient des siens sur un oreiller à côté, ses taches de rousseur, sa peau altérée, substance sèche, ses dents contre les miennes, ses sourcils.

Quand ceux que l'on a aimés partent, ils laissent en nous des espaces larges, dit ma voix d'autrefois et j'entends le mouvement d'air autour. Parfois je parlais toute seule dans la rue, je sentais mes lèvres bouger.

Est-ce interdit de ressentir de la tendresse pour celui qui ne m'aime plus ? J'entends ma voix d'avant et je ne sais pas ce que je peux lui répondre.

Peny, le nom du village de naissance de ma grand-mère, me fait penser au mot *pena*, l'écume. J'imagine un village blanc, aérien, à la frontière de la Russie et de l'Ukraine. Ma mère m'a raconté que dans ce village on parlait un mélange de russe et d'ukrainien et qu'on l'appelait *sourjyk*.

Sourjyk est un pain fabriqué à partir de différentes céréales : du blé et du seigle. Les années où le blé fleurit en même temps que le seigle dans un champ voisin, le pollen de seigle se répand sur le blé grâce au vent. Ma grand-mère s'appelait Dina, elle est née entre deux champs.

Sur une des photos que j'ai gardées, ma grand-mère tient une guitare, ses cheveux sont bouclés, son regard est direct, moqueur. Elle était la seule fille qui jouait de la guitare dans le village, elle avait appris toute seule. C'est peut-être pour cette raison que les garçons du village tombaient amoureux d'elle. Un jour un ami de son frère lui a avoué ses sentiments, mais ce n'était pas réciproque. Il a été blessé, il a dénoncé ma grand-mère auprès de la police. Le dirigeant du conseil du village, ami de mon arrière-grand-père, est venu la voir le soir, lui a dit de partir avant la tombée de la nuit, lui a donné son passeport sans l'adresse d'un domicile. Le lendemain de son départ, la police est venue et l'a cherchée partout : sous le lit, dans la cave. Elle n'était plus là, elle traversait le pays en train sans savoir ce qu'elle trouverait à son arrivée dans une ville qui lui était complètement inconnue.

Quelqu'un a commencé à sortir mes affaires de l'appartement. C'était peut-être moi-même. J'enlevais les vêtements un par un pour voir ce qui restait quand tout était vidé. Mon déménagement était progressif, dégradé. Entre notre appartement à Pau et celui d'Anaïs, je laissais certains habits sur le trottoir, était-ce pour pouvoir retrouver mon chemin de retour ? Est-ce que j'ai jeté mon pull avec *amour* écrit dessus ?

Nous étions toujours dans la même ville, mais entre nous – un boulevard, une rivière, une descente. J'étais désormais sur la rive gauche, cela dépendait de quel côté on regardait. La ville s'est déplacée peu à peu – le bruit de la rivière s'est intégré, les itinéraires se sont allongés, il y a eu plus d'arbres, plus de trajets à vélo, les conducteurs du funiculaire me reconnaissaient. L'air de l'automne a pris un goût différent, quand je remontais, je sentais le dentifrice dans ma bouche.

J'ai commencé par le plus important, les vêtements chauds, des livres de secours, mon coussin à mémoire de forme. Ce n'est que fin décembre que j'ai déménagé le reste, même le minuscule – quelques cartes postales, deux tasses, des épices.

Trois mois après la séparation, ma sœur m'a parlé de Forensic Architecture, un groupe de recherche à Londres qui enquêtait sur les violences d'État. *C'est entre l'art et la science*, a-t-elle dit. On était en visio et derrière elle, dans son appartement à Barcelone, je voyais mon neveu et ma nièce dresser une cabane avec des matériaux trouvés sur place : des coussins, des livres, des couvertures, des chaises. *Ce groupe*, m'a expliqué ma sœur, *reconstruisait des événements à partir des traces laissées dans les villes – ils devinaient des déplacements en synchronisant des pistes sonores et visuelles récoltées*. Un réseau infiniment complexe de données se créait : des informations disparates, des témoignages. Ce groupe utilisait des techniques d'analyse spatiale et architecturale, de modélisation numérique et de technologies immersives. Une fois les faits reconstruits et assemblés, un événement qui avait eu lieu retrouvait sa réalité en 3D.

Le passé se cache quelque part, voulait probablement me dire ma sœur. *On peut tout réinventer*, ai-je pourtant enregistré sur mon téléphone.

J'inspecte aujourd'hui les traces laissées dans mon corps – un pli qui s'est formé sur mon visage à force de dormir du même côté du lit, une habitude de me mettre sur la pointe des pieds pour faire un bisou, une respiration inversée.

Mon mari était souvent à ma gauche – au volant, à table, sur le canapé, dans le lit, sauf quand on marchait dans la rue. On se tenait souvent la main, je posais la mienne dans la sienne sans faire d'effort pour la retenir.

Je pensais à la construction de notre espace vital d'autrefois, mon bureau qui donnait sur la cheminée condamnée, le canapé converti en lieu de travail, l'armoire ouverte dans la chambre. Là-bas je dormais du côté de la porte, je me réveillais la nuit, je regardais les entrailles des pulls, des collants suspendus. *Ta tête était tournée vers la salle de bains?* me demandait Anaïs, je lui dessinais le plan de notre appartement, ressentais un vertige.

Dans mon téléphone portable, j'ai remplacé le surnom tendre de mon mari par son prénom. *Tu ne t'adresses pas à moi dans tes mails*, lui ai-je dit un jour. *On sait toujours qui nous écrit*, sa réponse était retenue. Je n'ai pas jeté le pull *amour*, je le portais de temps en temps, les lettres *a*, *m*, *o*, *u* et *r* restaient malgré tous les lavages antitaches.

Une de ces nuits d'automne, Anaïs et moi sommes passées à vélo à côté de la rue où j'habitais avant avec mon mari, était-ce le lieu d'un crime, d'un drame? *On sonne?* ai-je plaisanté. Je me demandais s'il était possible de revenir de ce long voyage, de me remettre dans mon lit, de recoller la photo. Mon corps se souvenait de l'emplacement de l'interrupteur dans le couloir, dans la salle de bains, dans la chambre.

Un réseau complexe de données est apparu dans ma

tête, toutes ces images en 3D surgissaient sans que je les convoque. J'ai gravi l'escalier et j'ai sonné. Un déplacement peut être mental, très réel. Mon mari s'éloignerait pour me laisser passer, étions-nous des pièces détachées ? Les souvenirs du quotidien étaient restés dans mon corps – l'odeur de la polenta cuite le matin, les voix des présentateurs de France Inter, le moment où il éteignait la lumière dans la cuisine et allait dans la salle de bains, j'étais assise sur mon canapé dans le salon et j'entendais l'eau qui coulait.

À partir d'un certain temps, il n'a plus répondu à mes lettres. Que pouvais-je faire de ce capital émotionnel non utilisé ? J'ai ajouté des cours de danse dans mon planning, me suis inscrite à la piscine, il m'a demandé de lui rendre les clés. Était-ce gênant que je vienne trop souvent dans son appartement quand il n'était plus là, allais-je découvrir les traces de mon absence ? Étalait-il ses vêtements sur les meubles, laissait-il de la vaisselle dans l'évier, dormait-il de l'autre côté ? Comment était son quotidien séparé, est-ce que ses horaires avaient changé, ses itinéraires ? Utilisait-il les objets différemment ? Son intimité était devenue fragile, je pouvais la froisser.

J'observe une version de moi d'il y a vingt mois, elle est un peu abîmée. Celle que j'étais à l'époque cherchait les réponses aux questions qu'elle n'arrivait pas à poser. Sa quête a commencé à l'instant où elle a compris qu'un déséquilibre permet un nouveau point de vue, une chute devenait une exploration.

Une suspension est une position du corps en dehors du sol, avais-je dit à mon téléphone.

J'essaie de me rappeler l'endroit où je l'ai dit. La cuisine d'Anaïs depuis laquelle je voyais la rivière ? Ma chambre en face du cimetière ? Étais-je debout, assise ?

On dit *je suis suspendue* pour décrire une attente, un désordre certain, parler de cette sensation d'être en dehors d'une vie bien organisée. On veut dire que c'est temporaire, que la situation va se résoudre au moment même où l'on retrouvera notre équilibre, un sol stable.

On parle aussi de la suspension du jugement. Ma mère m'a précisé qu'il s'agissait de mettre entre parenthèses les théories scientifiques décrivant le monde pour arriver à le voir se déployer devant nous dans sa mouvance inexplicable.

Voulait-elle dire que les personnes suspendues observent autrement ? Que quand on oublie les théories, le monde commence à se montrer, fluide et vaste ?

Cette suspension du savoir s'appelle la réduction phénoménologique chez Husserl, m'a expliqué ma mère. *La réduction phénoménologique permet d'observer notre conscience dans son intention, puisque sa caractéristique principale est d'être toujours une conscience de quelque chose.*

Pouvais-je être à la fois une exploratrice déséquilibrée et l'objet de ma recherche ?

Dans mes cahiers de l'époque, je découvre des lignes, des courbes, des croisements : le trajet en train de ma grand-mère, les distances parcourues par mes parents, mes allers-retours, nos lignes de fuite familiales. C'est une carte d'itinéraires hors-sol.

Est-ce que ce qui a eu lieu a vraiment eu lieu ? Peut-on fabriquer les souvenirs à deux quand les protagonistes sont en désaccord ?

Combien de fois me suis-je retrouvée à dire : *Non, ça ne s'est pas passé ainsi.*

Ma machine à souvenirs est en panne, j'ajoute toujours quelque chose et cette chose n'est pas la bonne. Je me rappelle, un an et six mois avant la séparation – on se disputait dans la voiture, un pare-brise couvert d'insectes morts, c'était en été. Un chevreuil nous regardait de loin, le lendemain on fera une traversée à la nage à Saint-Jean-de-Luz.

Non, ça ne s'est pas passé ainsi, il n'y a pas eu de dispute, de chevreuil, de pare-brise. Ce passé m'échappe, je le réinvente : je laisse un chevreuil dans la mer, rends la vie aux insectes d'été, j'enlève la dispute.

Quelques mois après les aveux de celui qui n'était pas encore mon mari, nous nous sommes retrouvés dans une serre fermée, il y avait peut-être des tomates à l'intérieur, ou d'autres légumes potentiels. Il pleuvait, on écoutait le bruit amplifié des gouttes. C'était le printemps, au Mans. La relation naissante changeait la perception du temps. La maison avait deux étages, on habitait au deuxième. Des voisins qui étaient aussi les propriétaires de la maison nous regarderaient de loin, abrités de la pluie dans une serre. On enregistrait des sons divers – celui des feuilles de maïs sous le vent, des bruits obscurs, des animaux cachés. Nous portions une attention aux choses minuscules, tout était troublant, potentiellement beau. Je devenais perméable, un petit mouvement du monde était suffisant pour me fasciner – des retours de nuit dans une forêt, on se perdait dans un champ, je tombais de vélo. Choisirait-il les mêmes souvenirs pour nous raconter ? Mes pieds entre les siens, debout dans le noir, il faisait froid, c'était l'automne, c'était l'hiver.

Je décortique certaines actions, les miennes, les siennes. Pourquoi lui ai-je crié dessus un de ces soirs où je suis venue chercher un câble dans son cellier et qu'une étagère a commencé à tomber ? Était-ce lui qui me criait dessus, étions-nous deux, désemparés ? Les désagrégations m'amusaient, la chute des objets, c'était comme mon corps – le voir de l'extérieur me soulageait.

Aujourd'hui j'ai caressé les cheveux d'une femme, ai-je dit à mon téléphone après une nuit sans sommeil au mois de novembre. Je la connaissais à peine, elle avait froid, une jupe longue, jambes nues. *Je suis sortie pour prendre un café, et maintenant je suis si fatiguée*, m'a-t-elle dit. Il y avait deux livres dans son sac, elle les a sortis – des poèmes de Pessoa et une correspondance de Virginia Woolf.

Un jour mon amoureux m'a dit qu'il avait lu d'un trait un livre sur l'intranquillité, je l'ai quitté direct, le menteur. Elle a ri, sa tête a tremblé sur mes genoux, on était par terre, à 3 heures du matin, des gens chaviraient autour, mon imperméable était couvert de poussière. Une heure avant, elle m'avait regardée pour la première fois, *je comprends ce que tu ressens, pauvre toi*. J'avais très envie de savoir ce que j'éprouvais, mais lui poser la question était comme trahir quelque chose, elle ne parlait peut-être pas de moi. *La tendresse pour les inconnus est toujours imprévisible*, a dit ma voix et je me rappelle les bouts de notre conversation, probablement entendus par les passants, la lumière qui s'est éteinte à 5 heures du matin.

Connais-tu le rêve récurrent de tous ceux qui ont quitté leur pays ? me demande Irina par Skype. Elle m'appelle de Moscou, derrière elle je vois ses deux fils traverser la pièce avec des objets divers : une lampe, une brique de lait, des bottes de pluie. Parfois un des deux s'approche d'Irina et me regarde, dit mon prénom, le répète plusieurs fois à vitesse un peu ralentie.

Tu reviens dans ton pays d'origine, continue-t-elle, *et tu te rends compte que tu ne peux plus partir : tu n'as plus de documents, les frontières sont fermées, la police ne te laisse pas quitter le pays.*

Sasha, remets l'aspirateur à sa place s'il te plaît, dit-elle en tournant la tête à gauche, ensuite elle regarde l'écran de nouveau, *c'est là que tu comprends que ta maison est ailleurs.*

Tu as trouvé cet ailleurs ? demandé-je.

J'ai fait un rêve comme ça, il y a quelques jours, me dit-elle sans me répondre, *je ne me rendais pas compte que j'étais vraiment partie de Minsk, que c'était pour longtemps.*

Autrefois avec Irina nous nous amusions à lancer des œufs depuis le dix-huitième étage de notre foyer d'étudiants sur l'île Vassilievski, Saint-Pétersbourg : les coquilles s'écrasaient sur un trottoir en bas, des taches molles, c'était une explosion lointaine, flasque. Nous avions 17 ans, je faisais des études de cinéma, Irina de philosophie. J'écrivais mon mémoire sur la représentation de la mort dans les médias, elle sur la notion de l'angoisse dans l'existentialisme. La chute potentielle d'objets fragiles, mi-vivants, apeurés, nous attirait. Je dis à Irina que partir de Minsk m'a fait penser à cette expérience, que c'était comme une chute, comme un saut depuis le dix-huitième étage, mais que ce vertige était prometteur.

Mes rêves n'ont pas capté le changement qui s'est opéré dans ma vie, mon mari y revenait de loin, se laissait entrapercevoir au croisement des rues, capuche sur sa casquette. Je le voyais dans l'embrasure des portes, il apparaissait sans être lui. Ce quelqu'un lui ressemblait vaguement, avait le même poids de présence. Lui ou quelqu'un d'autre se posait devant moi : un frôlement interdit, un tee-shirt jaune, des taches de rousseur, sa main sur mes joues. Il me testait, je me réveillais.

Ou cela continuait d'un songe à l'autre – *ce n'est pas permis ce que l'on est en train de faire*, lui expliquais-je. Un de nous deux devait être garant, celui qui s'opposait à une affection imprévue. *Viens me tenir compagnie*, disait l'un d'entre nous dans un oubli onirique.

La journée je travaillais dans un café en centre-ville, je traduisais des articles d'un politologue bélarusse en français. Ses articles étaient étrangement optimistes, comme s'il sentait un dénouement s'approcher, comme s'il y croyait, *le président est au pouvoir depuis vingt-cinq ans, il faut que ça s'arrête*, écrivait-il.

Le café donnait sur une rue où je voyais parfois mon mari à vélo revenir pour la pause de midi chez lui, repartir ensuite. Je l'ai découvert par hasard, quand j'ai levé la tête, cela a duré quelques secondes à peine, mon mari a traversé mon champ de vision en gilet jaune, puis est sorti du cadre.

Une ou deux fois, il est venu dans ce même café, il m'a souri avant d'enlever son gilet jaune, son casque, ses gants. On était seuls, assis dans des fauteuils de couleur et de taille différentes, je n'ai peut-être pas mangé de la journée, je ne me rappelais plus. On était face à face. C'était moi qui lui avais proposé de venir.

Cet automne, quelque chose se passait avec les surfaces, avec la consistance de l'air. Il ne fallait pas l'approcher pour ne pas bouleverser un déséquilibre récemment installé, cette indifférence retrouvée. J'expliquais à mon corps que ces sensations étaient inappropriées. J'éloignais ma jambe quand la sienne touchait la mienne par hasard sous la table.

On avait parfois des disputes – celles sans fond, qui viennent de nulle part – dans les bureaux des institutions. Les disputes se déclenchaient où elles voulaient – des meubles à rembourser, des étagères en train de tomber, des appareils électroménagers –, c'était un détour inattendu. On vrillait – dans les rues, boulevards, couloirs.

Nos corps habitués à être intimes, inclinés l'un vers l'autre, apprenaient à devenir rigides. J'étais incapable de rendre réel ce changement, d'appréhender une distanciation. Sept ans – des douches et des repas communs, je venais dans la salle de bains quand il se brossait les dents, il mettait du shampoing sur mes cheveux, je mettais de la soupe dans son assiette, trop relevée. On nageait côte à côte, on se touchait des doigts, des lèvres, on était les premiers à être appelés en cas d'urgence, d'hésitation.

Se repoussait-on si fort parce que l'attirance était toujours présente ? La tendresse s'opérait malgré nous – je détournais la tête, il se cachait les yeux.

Dans certains de mes rêves, ceux de la nouvelle lune, nous étions apaisés, attendris, presque trop silencieux. Je nous préférais ainsi. C'était peut-être le nous du futur qui était revenu nous voir – tout allait bien par là, on s'envoyait des mails pour demander des nouvelles et on s'appelait pour les fêtes.

Minsk te manque ? me demande mon amie Patricia. On est chez elle dans sa maison à Arudy, sa chienne Neige se joint à nous et renifle tout autour comme si elle sentait quelque chose, j'essaie de m'approcher d'elle, mais elle entend le bruit d'une voiture qui passe et court en aboyant vers le portail.

Je ne sais pas comment répondre, *je ne la reconnais pas*, lui dis-je. *Ils ont changé le nom des rues, démoli des quartiers.*

Patricia m'apporte ses cartes dessinées au crayon, couvertes de taches transparentes d'aquarelle, elle me parle d'une érosion, m'explique que c'est un processus invisible mais mesurable. *Il s'agit de trouver un repère*, me dit-elle, *c'est ainsi que l'on se rend compte que certaines distances augmentent, que des fissures apparaissent. Les changements minuscules sont imperceptibles à l'œil nu, et puis un matin on découvre qu'un effondrement a eu lieu.*

Je ne lui parle pas du soir de décembre 2010 où sur les murs des bâtiments de la place Nezalezhnosti j'ai vu les ombres des policiers courir, j'ai eu peur. Je ne parle pas des personnes disparues, arrêtées après la manifestation qui a suivi l'élection présidentielle. Je suis partie en France trois ans plus tard, mais c'est ce soir-là que j'ai vu que tout allait s'effondrer.

Je lui parle plutôt du passage des saisons dans mon pays, de mes cils couverts de givre ce même hiver où j'ai eu peur et du goût de la neige quand elle fondait dans la bouche, j'en ai mangé quantité étant enfant.

Le vide creusé en moi par ma ville ne m'inquiète plus, je l'ai remplacé par la forêt : je recueille des aiguilles de pin dans ma paume.

La boîte aux lettres où mon nom était toujours indiqué servait à s'échanger des messages, c'était une ligne frontalière. Celui qui habitait toujours notre appartement y déposait des épices que j'avais laissées sur place, des ustensiles, des courriers de la banque. Quand j'ouvrais la porte du bâtiment, je l'imaginais descendre l'escalier, lentement, près du mur, comme pour ne pas tomber. Il regardait le vide de la boîte, déposait un objet, une enveloppe. Je sais qu'il restait un moment suspendu, un facteur triste. Il fermait la boîte et remontait chez lui.

Je suis descendu ce soir, j'ai mis tes médicaments dans la boîte aux lettres, il m'a dit par téléphone, j'ai respiré entre les mots, l'air était plus léger que les sons. *Tu viens ?* Au cours de nos conversations téléphoniques, j'essayais de sentir les mouvements dans les pauses. À la fin de mes phrases, j'ai élevé la voix, les points blancs devenaient interrogations, *tu disais ?*

Tu ne m'as pas prévenu que tu ne pouvais pas venir récupérer tes affaires dans la boîte, m'a-t-il dit le lendemain, j'ai imaginé son visage fatigué. Il tournait le dos à la fenêtre, à 2 kilomètres de là où j'étais. Quand on ne parlait plus, on laissait la place aux événements. Comme la neige qui se dépose sur les trottoirs vides de la ville de Minsk. Je marchais 4 kilomètres par jour, un aller-retour imaginaire entre nos maisons. Je faisais des courses, j'achetais de l'huile d'olive et du dentifrice blanchissant.

Dans le jardin en face de ma chambre chez Anaïs, je voyais une piscine où je discernais la nageoire en plastique d'un requin. Certains temps étaient sans recours, on ne pouvait pas tout changer par l'effort de notre volonté. Dans ma tête, le déroulement était multiple, les événements pluriels, dans la réalité une tasse renversée restait par terre, les taches de café sur le mur, comme un mot de trop, une plaisanterie échouée, une boîte aux lettres trop remplie.

Je n'ai pas pu recevoir mon colis, m'a écrit mon mari dans un texto, *il y avait tes médicaments dans la boîte et aucune place, tu ne les as pas récupérés.*

Sens-tu cet air qui tremble, ce chant caché entre nous ? Ai-je dit à mon téléphone ce que je voulais dire à mon mari.

Où es-tu? C'est la question que je pose le plus souvent dans les messages à mes amis de Minsk. Ils bougent tout le temps depuis les répressions de 2020, je n'arrive jamais à les rattraper. Savent-ils où ils vont? Comment est-ce pour eux de ne pas être sûrs de pouvoir revenir?

Où je suis? demandé-je à l'*Atlas de la face cachée de la Lune*.

Je tombe sur la mer de Moscou, je découvre que le nom *mer de Moscou* a officiellement été approuvé par l'assemblée générale de l'Union astronomique internationale en août 1961, même s'il violait l'ordre de dénomination des mers lunaires qui avait été établi depuis des décennies. Les mers lunaires étaient généralement nommées selon différents états d'esprit: la mer *de la Tranquillité*, la mer *de la Clarté*, la mer *des Rêves*. Ou par des mots liés à l'eau: la mer *de l'Humidité*, la mer *des Vagues*, la mer *des Vapeurs*.

De nombreuses disputes autour de ce toponyme ont cessé grâce à l'astronome français Audouin Dollfus, qui a réussi à apaiser la communauté astronomique et à y mettre fin en faisant remarquer que *Moscou est aussi essentiellement un état d'esprit.*

Je me demande quel est l'état d'esprit de Minsk aujourd'hui et j'imagine ma ville natale à l'envers, ses rues sont interverties, les passants s'inclinent, on dirait qu'ils dansent, le ciel est en bas, les étoiles sous la terre essaient de retrouver leurs constellations.

Cet automne après la séparation, j'avais un souci de vitesse, le passé est resté suspendu, s'est déguisé en présent, certains événements n'ont pas voulu s'éloigner.

Cela m'arrivait partout – je traversais une route et je voyais de dos un cycliste en gilet jaune qui s'éloignait, ce ne pouvait pas être mon mari. C'était pourtant toujours lui, une mémoire fatiguée, quelques secondes me suffisaient pour être déplacée. Il y avait ses gestes à l'intérieur de moi que j'avais accumulés – quelqu'un en face de moi ramassait l'écume du café avec le dos d'une cuillère, cette habitude qu'il avait d'expirer en mordant sa lèvre inférieure.

Je me rappelle son visage mouillé et le temps silencieux, matinal sur la côte atlantique. Je suis sortie sur le rivage, essoufflée. Je le cherche – un horizon flou, la plage d'Anglet. Il prend le mouvement avec son corps, capable de rester de longues minutes sous l'eau. Peut-être que ses pensées s'arrêtent comme sa respiration.

Il sort, s'approche de moi, froid, souriant, maigre, il y

a une trace rouge sur son cou, je l'aide à défaire sa combinaison, une irritation du col, du sel sur le tissu, son ami est toujours dans l'eau. J'ai envie de toucher son coude, l'eau froide devenue violente, il est si beau.

J'aimais tant regarder la ligne de son dos, son corps découpait l'espace autour qui s'accommodait, son rire ensuite, ses blagues changeaient l'ambiance d'une conversation à plusieurs, il avait ce don de changer le temps par sa présence.

Quand les souvenirs deviennent très proches, je cherche une autre façon de respirer. *Je refais du café ?* demandais-je à Anaïs, *je vais acheter des légumes, t'as besoin de quelque chose ?* Le marché était à côté de la rue que nous n'avions jamais appelée *la nôtre*, je ne savais pas si cette fois-ci j'allais essayer de ne pas regarder ou au contraire m'y arrêter, l'attendre devant la porte d'entrée, celle que j'ouvrais tous les jours autrefois. À quelle heure était-il sorti pour aller au travail, serait-il en retard, à vélo, avait-il mis la veste que je lui avais offerte ?

Une métaphore est une rupture de l'unité, un dérangement, elle introduit un élément hétérogène qui renvoie à un autre contexte que le contexte présent, ai-je lu chez Blumenberg. J'ai ensuite enregistré sur mon téléphone pour pouvoir me servir plus tard de cette stratégie d'éloignement. Quand je me découvrais soudainement dans les rues de Pau à chercher celui avec qui j'avais vécu pendant cinq ans, je changeais de direction, regardais ailleurs – une route pleine de voitures, un parking, les passants en attente du feu vert, un magasin de tissus. *Une métaphore est une possibilité de se sauver, une projection vers l'inconnu*, disais-je à mon téléphone. Aujourd'hui je me rappelle cette joie inattendue que je ressentais à rapprocher deux choses lointaines – l'éclair de sa combinaison mouillée, les pommes achetées au marché, les algues d'autrefois, cette pluie sans pardessus à vélo. *Les souvenirs, quand ils vont ensemble, sont devenus des amis*, j'entends ma voix d'autrefois, étrangement joyeuse.

Fin octobre, je suis allée à la plage d'Anglet toute seule, j'ai pris un train de Pau et loué un vélo. C'était la première fois que j'y venais sans lui. Des taches noires dans l'eau qui montaient et descendaient en attente de vagues m'ont rappelé tous les moments où j'essayais de deviner sa silhouette de loin avant d'entrer dans l'eau. Je me suis souvenue de l'angle précis du soleil, la sensation du corps à moitié mouillé, la tension du regard qui cherche.

Je suis passée à côté d'un bar où, en été, on servait des moules – une odeur d'algues chaudes, de la musique à la radio qui grésillait – comme lors de nos vacances deux ans auparavant, un après-midi de juillet, une fatigue estivale, mes coudes sur la table, des familles lentes avec des serviettes passent à côté, on parlait de l'organisation possible de notre vie à venir. Ce moment présent paraissait immobile, un objet architectural qui resterait toujours à sa place même dix ans après, il m'est revenu alors que j'étais déjà définitivement ailleurs.

Kierkegaard a écrit La Reprise *après s'être séparé de Régine. C'était sa décision, il n'était pas sûr de pouvoir la rendre heureuse*, m'a raconté ma mère fin novembre.

Elle m'a expliqué que pour Kierkegaard l'existence passait par trois étapes : esthétique, éthique et religieuse. *L'ironie et l'humour, notre capacité à rapprocher les contradictions, rendent le passage possible entre les deux stades*, m'a-t-elle dit, et j'ai imaginé le rire de celui qui s'approche du gouffre et s'en éloigne aussitôt.

J'observais comment mon présent qui jusqu'ici tenait debout devenait un passé décomposé. On ne sait rien sur la nature de notre amour avant de nous en éloigner, on le voit ensuite avec une lucidité étrange.

Dois-je interpréter la décision de mon mari comme un saut entre esthétique et éthique : un changement brusque, qualitatif? ai-je demandé à mon téléphone, depuis ma fenêtre je voyais les arbres sans feuilles qui, eux aussi, avaient vécu un changement décisif et en étaient amusés.

Tu reviens dans ton pays ? me demande-t-on souvent. *Tes proches sont là-bas ?*

Plus personne. Tout le monde est parti.

Quand je me perds dans des villes inconnues, j'y trouve la mienne, elle apparaît entre deux bâtiments. C'est une sensation passagère : l'air froid même en été, l'intensité du vent et son toucher, les minutes qui ne prennent pas de temps, la neige sur les surfaces diverses.

C'est étrange de dire *tout le monde est parti*, mais c'est vrai. Parfois j'imagine notre communauté volatile, insaisissable – des points lumineux sur une carte du ciel. On se déplace tout le temps, on parcourt des pays, on migre, on change de lieux de vie – de nouvelles constellations se forment.

Je suis probablement disqualifiée pour une relation, ai-je dit à mes amis au mois de février, parfois une formulation peut remplacer la réalité. J'étais à Paris, à Poitiers ensuite, je revenais à Pau.

À la gare de Bordeaux, j'ai appelé mon mari qui était encore mon mari, il y avait des bruits parasites, sur la place devant la gare, dans le passage souterrain, dans le train. *Comment l'amour peut-il cesser, est-ce pour toujours, tu vas mieux ?*

Ce n'était pas la première fois que je posais ces questions. J'étais entre un banc où une fille mangeait un sandwich et une poubelle à côté de laquelle une femme fumait. J'attendais pourtant un soulagement, un départ, mon mari ne m'entendait pas, je lui demandais de répéter. Ce n'était pas très pratique pour une conversation en déséquilibre – *auras-tu envie, un jour, je n'ai pas entendu, dans un mois peut-être ?*

Je ne peux pas te rendre heureuse était sa réponse. Il avait une voix essoufflée, attristée. J'avais froid, étais-je cette fille dans un manteau inadapté qui rentrait à Pau, je me sentais découverte.

Le lendemain soir, je suis sortie avec mes amis. Tout était un peu flou, j'ai mangé du riz, bu du vin, me suis accrochée aux yeux des gens. Ils me rendaient réelle.

Un jeune homme que je ne connaissais pas est sorti du bar où on était. *Des taches*, a-t-il dit, *j'ai des taches sur mon manteau.* À l'entendre, je me suis sentie brusquement revenue quelque part. *C'est de la sauce*, a-t-il continué, *je l'ai renversée sur moi. Ça ne part plus. Je ne sais pas quoi faire.* Cette nuit-là, une seule moitié de la lune était visible, il y avait des lanternes, le manteau taché du jeune homme était ouvert.

Dix minutes avant, on parlait de la reconnaissance faciale, de Proust. *Qu'est-ce qui l'a épuisé quand il a mis un point final?* – ai-je demandé à un des deux hommes en face. *Sa vie*, m'a répondu l'un d'eux sans sourire. La nuit devenait fraîche, le silence entre les mots un espace inoccupé. Je sentais ce pouvoir de parler avec des inconnus ou de courir longtemps, j'avais envie de perdre les choses.

Une heure après, j'étais sur mon vélo, un pot de fromage blanc s'est renversé dans mon sac à dos. Mon chéquier, mon passeport, mon agenda étaient dedans. Le fromage blanc a pris toute la place, comme la neige qui couvre la forêt nocturne.

Depuis la séparation, je sentais un tremblement en moi, un mouvement nerveux – tout disparaissait, même les lignes verticales, les bâtiments. L'absence d'appuis était une joie, je ne faisais plus confiance aux horaires. Il suffisait que les yeux regardent ailleurs, tête tournée, que tout se déplace, qu'un espace autre apparaisse en moi, un espace où je pourrais m'abriter.

Tu es toujours au bord du précipice, me dit Jérôme sans me regarder, c'est peut-être une question.

Et toi ?

Nous sommes dans la réserve naturelle d'Abbadia au Pays basque – Jérôme fait des polaroids nocturnes pour une exposition à Saratov, j'écris des histoires en russe à partir de ses photographies. Nos horaires sont décalés : je me couche à la tombée de la nuit au moment où Jérôme cherche la bonne distance entre lui et les arbres pour qu'ils surgissent à peine. *Il y a de la lumière même dans la nuit*, me dit-il le matin avant d'aller dormir. Je me réveille à 4 heures et je pars explorer la forêt avec une lampe frontale, je parle aux moutons, j'épie les oiseaux et les chauves-souris.

Hier je n'ai eu que des clichés noirs, m'a-t-il avoué. *C'est la brume pluvieuse qui a tout gâché, comme une couche d'obscurité en plus.*

Regarde, lui dis-je le lendemain quand il s'est réveillé et est venu me voir pour prendre son café, j'ai mis mon ordinateur sur la table en verre, j'ai enlevé les tasses remplies pour ne pas les renverser sur le clavier. Je charge une carte et je la bouge pour retrouver la Russie, je l'agrandis. Je pointe une ville au nord-est du pays. *Oussouriïsk*, lui dis-je, *c'est à 90 kilomètres de Vladivostok, ou de la mer du Japon, c'est tout au bout du pays. Ma mère est née là-bas. Imagine, il y a quelque chose qui m'y appartient*, dis-je, et je pense aux espaces vides, vaporeux, une absence de densité, une dissolution de moi dans des villes éloignées.

D'ici on peut facilement accéder à la Chine, à la Mongolie, à la Corée du Sud. Mes grands-parents ont choisi une direction inverse et ont traversé le pays, lui expliqué-je.

Tu m'en as jamais parlé, me dit-il.

La ville d'Oussouriïsk est le point de départ, la ville de Minsk, où je suis née, est le point d'arrivée, je continue. *Il y a 9 230 kilomètres entre les deux, si je le fais à pied, ça me demandera 2 000 heures*, je le regarde pour voir sa réaction, pour sentir quel effet provoque cette distance parcourue, pour comprendre qu'est-ce que ça signifie tous ces chemins pris avant ma naissance : est-ce que ça fait de moi une personne différente ?

J'ai déjà traversé la France en diagonale, à pied, me dit-il, *entre Nice, où je suis né, et Roscoff, c'est une ligne droite entre la Méditerranée et l'Atlantique. Ça m'a fait du bien de suivre cette ligne.*

Je ne suis pas au bord du précipice, dis-je, *c'est juste que je suis toujours en mouvement.* C'est une tradition familiale.

Mon père est né à Ichim, je montre à Jérôme un autre point sur la carte de la Russie, à 100 kilomètres du Kazakhstan. Ma mère et mon père, indépendamment l'un de l'autre, se sont déplacés à 9 642 et 3 200 kilomètres, pour se retrouver dans des rues parallèles à Minsk au Bélarus où ils se sont rencontrés. C'est là où ma sœur et moi sommes nées.

Je me projetais vers l'avant, à toute vitesse, j'étais *une comète joyeuse*, je le disais à moi-même et je dessinais dans mon cahier un objet volant, une forme arrondie, allongée et sa trajectoire possible – j'allais vivre ailleurs, peut-être à l'étranger, je me retrouvais ainsi sans faille quelque part dans le futur, *regarde, je vole.*

C'était une époque de stratégies multiples à déployer : donner des cours de russe aux Français, des cours de français aux russophones, faire des traductions techniques, une recherche de données, un montage de vidéos familiales.

Mon ordinateur portable sur les genoux, je préparais des dossiers pour des emplois divers qui ne me convenaient pas, mon curriculum vitae était un lego approximatif, une identité spontanée. Je racontais aux institutions inconnues tout ce dont j'étais capable dans l'avenir, probablement que c'était vraiment le cas.

J'étais terrifiée par les démarches administratives en attente – j'étais indécise, c'était surtout un problème de calcul –, par où commencer sans faire tomber cette construction aléatoire d'un mouvement brusque ? Fallait-il me déclarer comme séparée à la CAF, à la préfecture, étais-je potentiellement expulsable ? Mon médecin est parti à la retraite, on m'a proposé de venir avec une clé USB pour récupérer mes données de santé et je ne l'ai pas fait, je devais changer de mutuelle, j'ai annulé plusieurs rendez-vous avec une avocate qui s'occupait des divorces, elle m'a posé trop de questions auxquelles je ne pouvais pas répondre. Je ne consultais pas mon compte bancaire, c'était la même opération de l'oubli que j'utilisais pour ne pas pleurer.

Est-ce que Kierkegaard avait du mal à payer ses factures ? Est-ce qu'avant son saut il avait fait des prévisions financières ?

De cet hiver suspendu, je me rappelle un moment tendre, dans mon ancien appartement, j'enlevais les photos des murs, nos diplômes d'une traversée à la nage. J'étais avec Patricia devant un tas de vêtements accumulés – toutes ces robes volantes que je n'arrivais plus à approcher de mon corps. Patricia a mis de la musique et ce lieu s'est transformé en un autre – celui du départ –, le déménagement est devenu un voyage dans un pays lointain ensoleillé, une fête estivale de séparation. Dans le même appartement, on a bu du vin, on a ensuite pris les vélos, on est parties faire la fête, j'ai perdu ma voix, beaucoup dansé, quelqu'un a demandé mon numéro de téléphone que j'ai donné à l'envers. Je ne croyais pas à ceux qui m'approchaient en soirée, attirés par ce débordement d'énergie, celle de quelqu'un troué, sans manteau, une énergie de l'absence.

En janvier je cherchais où la joie se nichait. C'était une affaire de ralentissement, la perturbation de trajectoire y était importante, ne pas prendre le train au dernier moment ou rater un rendez-vous, inclure un temps imprévu dans un autre, plus grand. Mon présent changeait d'avis à la dernière minute.

Dans la discipline que je m'imposais, je cherchais ce que Kierkegaard appelait *la reprise*, une façon d'accéder à la vérité, *qui n'était pourtant pas la répétition du même* –, je lançais la machine à café en essayant de ne pas réveiller Anaïs, je la remplissais dans la salle de bains parce que le robinet de la cuisine faisait du bruit, je coupais du pain, du fromage, j'allumais une lampe de bureau, ouvrais la fenêtre. Chaque matin, je changeais peu à peu, m'approchais davantage de ma peau, mon intériorité en répétition – chaque fois plus présente, la reprise consistait pour moi à redonner un sens nouveau à ce qui se répétait quotidiennement. Ma perception changeait, j'observais les nuances de vert en fonction de l'orientation des feuilles, du vent, du soleil.

Mes amis sentaient peut-être davantage cet écart étrange entre ce que je ressentais et mes activités désordonnées – je dansais dans des endroits inconnus, descendais des pentes à toute vitesse à vélo, j'embrassais quelqu'un dans un café, je dormais peu et ne mangeais pas. J'éprouvais cette euphorie que l'on a aux moments douloureux, les yeux trop ouverts. Ma fissure devenait un organe en plus, cette sensibilité retrouvée m'était chère, le monde était instable et si beau.

J'ai besoin d'une ascèse, ai-je dit mi-février à Suzanne. Je le prononçais mal, mettais le *k* entre le *c* et le *è*. *D'une ascèse ou d'un éloignement*, ai-je ajouté, *il faut tout vider – comme quand on enlève les aliments un par un pour détecter un allergène.*

Viens chez nous en Savoie, m'a-t-elle proposé, *nous quittons le gîte de ma grand-mère à Saint-Pierre-d'Albigny, il y a tout ce qu'il te faut.*

Attends, lui ai-je dit, j'ai ouvert une carte de France sur mon ordinateur et cherché Saint-Pierre-d'Albigny – un point, j'ai découvert, très éloigné de toutes les villes où j'avais vécu avant.

Je peux venir dans une semaine ? lui ai-je demandé.

Chuter veut dire se détacher de son support naturel. On dit : *une chute de feuilles.*

On peut dire : *se détacher de la terre, du lieu de naissance, des habitudes.*

Chuter, c'est le contraire de s'attacher. *Désembrasse-moi, s'il te plaît*, ai-je écrit dans un texto à celui qui ne m'aimait plus. J'ai supprimé le message et pris mon billet de train pour Saint-Pierre-d'Albigny.

C'est où le Bélarus, c'est en Russie? me demande-t-on souvent. Pour répondre à cette question, je dessine la carte de mon pays. On dit que ses contours font penser à un zoubre, un bison de la forêt primaire Belovejskaïa Pouchtcha. Mon pays est un animal sauvage, robuste.

J'écris le nom d'autres pays autour: la Lituanie et la Lettonie au nord-ouest, l'Ukraine au sud, la Pologne à l'ouest, la Russie à l'est. Je ne dessine pas très bien, mais c'est suffisant pour le rendre concret.

C'est un jeune homme en veste noire rencontrée en soirée qui m'a posé cette question, il n'a pas enlevé son bonnet, il était un peu trop proche de moi. Quand je lui ai parlé du Bélarus, j'ai vu ses yeux s'ouvrir davantage. Un nouveau pays est peut-être apparu sur sa carte intérieure.

Cela ne me dérange pas de venir d'un pays qui existe et n'existe pas. Parce que même pour moi, ce n'est pas vraiment clair.

Pourquoi tu es partie ? me demande-t-on ensuite. On ne parle plus de mon pays mais du chemin que j'ai pris pour des raisons qui même pour moi restent obscures. J'ai des réponses multiples à cette question. Chaque fois je donne celle qui me paraît la plus réaliste.

Dans mon pays on est tous illégaux, dis-je.

Quand je me déplace, je me sens en sécurité, dis-je, *ça me permet de partir sans dire au revoir.*

Parce que c'est une tradition familiale, dis-je en souriant, cette réponse est peut-être celle que je préfère.

Suzanne est venue me chercher à la gare de Saint-Pierre-d'Albigny. Elle m'attendait à côté de sa voiture quand je suis sortie, elle m'a paru si détendue, en robe fleurie et manteau vert.

Nous avons roulé sur une toute petite route d'abord, des arbres des deux côtés, tout près du bord. Il y a eu un changement de température, de lumière, de lignes d'horizon. Nous sommes arrivées au village à la tombée de la nuit – la montagne était noire, de la terre renversée, la route étroite.

Tu te sentiras bien par ici, m'a dit Suzanne. Elle a peut-être entendu la question que je n'ai pas posée, cette incertitude dans mon corps, mon ignorance totale du futur.

Le salon du gîte de sa grand-mère donnait sur le potager, plus loin on voyait la montagne, il y avait une table en bois pour manger et un bureau, un canapé couvert d'un tissu jaune, un tapis par terre.

Suzanne m'a laissé des draps, quelques instructions

concernant la chaudière et le potager, puis est aussitôt repartie avec des chaises et des cartons dans la nuit. *Je dois avancer pour notre déménagement*, m'a-t-elle expliqué, *et ça te fera du bien d'apprivoiser le lieu toute seule.*

Le premier soir, je suis passée d'une pièce à l'autre, j'ai allumé partout, je reniflais l'air. J'ai enregistré des commentaires sur mon téléphone, je les réécoute aujourd'hui. J'y parle des sensations de mon corps dans un nouvel espace où j'allais habiter quelques mois. Je dis que les meubles anciens me rassurent, je sens leur protection. Je ne suis pas très sûre de mes occupations à venir – c'est un espace à remplir, un temps à part. C'était réconfortant pour moi de ne pas savoir.

Le lendemain j'ai bougé les meubles, mis mon bureau près de la fenêtre, regardé un arbre en face, un potager, un écureuil qui grimpait sur le mur couvert de vigne, une pièce d'eau.

Une des premières nuits, j'ai fait un rêve et je me suis enregistrée au réveil – mon mari me tenait au-dessus de la terre, avec une tendresse précaire, j'étais toute légère. Cela faisait des mois que l'on ne se touchait plus, nos corps ne faisaient plus partie de nos discussions sur le partage des biens, un mode de divorce. *Il faut que tu manges*, m'a-t-il dit, *et tu me manques*, mes rêves me soignaient, des médecins invisibles.

Je me rappelle : il y a sept ans, à Saint-Sébastien, entre la plage et la ville, l'une des filles de nos amis nous a demandé de tourner, *comme dans un dessin animé*, moi suspendue dans les bras de mon futur mari. J'étais légère, quelqu'un d'autre.

J'ai besoin d'une ligne de démarcation, j'enregistre sur mon téléphone la deuxième semaine de mon séjour en Savoie. Le lendemain de cet enregistrement le président de la République parle d'un virus inconnu, d'une contamination rapide, d'une interdiction de sortir. Je me retrouve dans un village éloigné sans possibilité de me déplacer. C'est pourtant le mouvement constant qui jusqu'ici assurait ma survie. *On se casse ?* aurait pu dire ma grand-mère si elle s'était retrouvée dans une situation pareille. Je cherche des billets de train possibles, constate que je n'ai nulle part où aller et décide de rester.

J'appelle mon mari, sa voix tremble comme s'il avait passé beaucoup de temps sans parler ou comme si quelque chose le perturbait. Dois-je cacher que je suis ravie de l'entendre ? En réponse à son silence, je parle de la pluie, de la vapeur qui est montée, des nuages lourds, consistants. Je lui raconte le livre que je suis en train de lire, *Les Plaines* de Murnane, où l'auteur décrit une couche infime de brume qui s'est faite là où la terre et le ciel se confondent, *bleu-vert* il précise. J'ai découvert dans *The Guardian* que l'écrivain ne possédait pas d'odorat, qu'il percevait les couleurs d'une manière synesthésique. *Bon, c'était juste pour avoir de tes nouvelles*, me dit celui qui est à 686 kilomètres de là où je suis, il a oublié que c'était moi qui l'avais appelé. *Je ne fais plus de sport, je suis devenu sédentaire*, il raccroche.

Il faut se défaire des habitudes, la personne à qui je parle au téléphone n'est plus la même – une couche infime de nuit nous a changés. Quelle nuit était-ce ?

Je me souvenais de nous à divers carrefours. L'un à côté de l'autre, une petite distance, je pouvais le sentir dans mon dos. Une rue en face à Porto – des nappes se soulèvent, un monsieur lit son journal, prend *uma bica* – un café serré –, une cohorte de chiens traverse la rue. On est cinq, au-dessus des toits, on voit la mer au loin. L'arrivée de la nuit, l'eau qui brûle quand on y entre. Les GPS se perdent, on se dispute, la voiture traverse l'incendie.

Le 21 juin, quand mon mari n'avait pas encore découvert qu'il ne m'aimait plus, j'étais à la Fête de la musique sans lui. J'ai éprouvé une gêne respiratoire. J'ai pris une bière avec Patricia, elle m'a fait une liste des films qu'elle aimait, je devais dormir dans l'appartement qui était le nôtre mais que l'on n'appelait jamais ainsi. Je mangeais des pâtes, Serge m'a fait danser, son orchestre jouait. *Je ne me sens pas bien*, ai-je dit à Anaïs, je me suis levée, je suis tombée. *Expire longuement*, m'a demandé Patricia, j'étais allongée sur un banc, elle caressait mes cheveux, c'était agréable. Tout était très proche et insensé, caméra à l'épaule, mouvement irrégulier du monde.

J'ai perdu l'ouïe à quatre-vingts pour cent d'une oreille, ça n'a duré que quatre jours, j'ai eu peur, m'a expliqué celui qui était toujours mon mari. Cette perte a eu lieu mi-juillet, deux semaines après il a découvert qu'il ne m'aimait plus.

Est-ce que son désamour était dû à la perte partielle et temporaire de l'un de ses sens ?

Ou était-ce l'inverse – cet amour lui a pris son ouïe ?

Tu sais nager? m'a demandé mon voisin du dessous, son pull est suspendu à sa porte d'entrée, lui, assis par terre. Je ne l'ai pas vu, je regardais ailleurs – les oiseaux étaient agités, volaient d'un arbre à l'autre comme s'ils cherchaient quelque chose. À peine réveillée, je suis descendue prendre mon café dehors.

Je pense à la traversée que j'ai faite à la nage avec mon mari, à cette sensation excitante, inquiétante des mètres en-dessous – de ce vertige. Je pense aux mouvements que l'on fait pour se tenir à la surface, l'un après l'autre.

I am your neighbour, m'a-t-il crié de sa voiture une semaine auparavant, je faisais les courses dans le village, *je parle français*, lui ai-je répondu. *Tu as bougé tes meubles hier, mais ça ne m'a pas trop dérangé. Ce n'est pas très bien isolé ici*, il m'a dit qu'il s'appelait Lucien, m'a avoué qu'il m'entendait quand je me levais, lançais le café, fermais la fenêtre.

Je lui ai expliqué que l'ordre me rassurait – mettre tous mes vêtements sur les cintres par exemple ou manger des légumes avant qu'ils pourrissent, je vidais mes poches, disposais l'un après l'autre des cailloux ramassés, en commençant par le plus grand.

Voler c'est comme nager, mais tu t'appuies sur l'air plutôt que sur l'eau. On ne sait jamais par où passent les pensées des autres. *Et les chutes?* demandé-je. Ses yeux sont concentrés, un peu voilés. Les nuages derrière se précipitent, changent de forme – il ne le voit pas. *Tu veux un café?*

J'ai envie de lui parler d'un grand oiseau que j'ai vu par la fenêtre, le matin même, dans un jardin – son bec, ses pattes larges, sa gorge vibrante. Cela a duré moins d'une minute.

Les mots ne sont pas encore réveillés, j'essaie de sentir si je suis assez stable, le sol sous mes pieds, je détends mes yeux, ma mâchoire, *tu voleras un jour et tu comprendras.*

Dans ce paysage mon regard changeait de hauteur, le temps s'évaporait, la montagne ne bougeait pas. Mes rêves étaient redevenus lents, il y avait moins de bruits. Je n'avais plus mal le matin quand je me réveillais.

Depuis que j'ai commencé à sortir de mon corps, je ne fais plus de parapente, m'a dit mon voisin qui s'appelle Lucien quelques jours plus tard, *il y a moins de risque.* Je l'ai imaginé suspendu en l'air, horizontal, flottant au-dessus de son propre corps. Cette image m'a détendue, d'autres destinations nous étaient possibles, toutes les interdictions de déplacement prises en compte. J'ai regardé mes mains et j'en ai imaginé d'autres dans mes poches.

Comment faire aujourd'hui ? demandé-je à l'*Atlas de la face cachée de la Lune*. Je regarde par la fenêtre la journée qui se profile. Dans un tableau des objets de la deuxième catégorie de crédibilité, je tombe sur une crête soviétique.

La crête soviétique est une formation brillante sur un fond gris. *Le contour général est étiré dans la direction nord-est, s'élargit sensiblement dans la zone équatoriale*, je lis sa description dans un tableau et ses coordonnées – 118°E à 124°E et de 9°N à 5°S. Je m'imagine m'élargir dans ma zone équatoriale, m'illuminer sur un fond gris, projeter la lumière ailleurs, plus loin.

Il y a des moments où l'on sent que quelque chose va changer, tout est encore silencieux pourtant, rien ne bouge. Cette toute première seconde où l'œil perçoit le passage de l'ombre à la lumière, certains éternuent par réflexe photo-sternutatoire. *Quand on éternue, nos cœurs s'arrêtent*, m'a expliqué Suzanne.

Ce moment a une durée incertaine, il est long comme un

jour, une semaine – je cherche ma réponse dans un atlas, je m'incline au bord de la fenêtre, nous sommes deux à l'ouverture de la porte et je vois que les étoiles ont des ailes – une certaine illusion visuelle qui ne dure que quelques minutes à 5 heures du matin et cela me rend heureuse.

Je pense aujourd'hui à nos perméabilités dispersées lors du premier confinement, cet enfermement collectif, nous tous le dos contre les murs, la tête sur les coussins, les oreilles collées aux portables. *Il faut utiliser un casque quand tu parles au téléphone sinon c'est comme si tu mettais ta tête dans le micro-ondes*, me prévenait mon voisin du dessous, mais je ne l'entendais pas, je parlais à quelqu'un ailleurs.

Je voyais mes proches sur l'écran de mon ordinateur : ma mère, ma sœur, mes amis de Minsk, de Pau, de Paris. Nous étions des particules emmêlées – l'une réagissait au changement de l'autre à des kilomètres.

Je n'arrive pas à résoudre le paradoxe suivant : comment accepter que nos réalités soient devenues étanches les unes aux autres, alors que nous vivons tous la même chose en même temps, m'a dit Serge par Skype. Nous étions à la troisième semaine de confinement. Je le voyais assis sur une chaise à côté de son bureau, il y avait des livres, il ne les lisait pas. De sa fenêtre voyait-il des nuages en mouvement, une colline verte ?

J'aime chez Serge sa curiosité joyeuse, comme si sa vie était une aventure scientifique. Un jour il m'a dit qu'il étudiait les religions existantes du monde pour trouver la sienne. Une autre fois, il s'est mis à enregistrer ses rêves, à tenir un journal nocturne. Je l'imaginais, à peine réveillé, chercher à l'aveugle son téléphone, reproduire la logique de son expérience onirique : *je marche dans un couloir, une rue, j'ai chaud, j'entends des voix.*

Pour avoir un rêve conscient, m'a-t-il expliqué, *il suffit de prendre l'habitude de se demander tout le temps : je dors ? C'est ainsi qu'un jour on se posera la question en étant endormi.*

Cette situation nous rend tous troués, m'a dit Anaïs par téléphone, *mais peut-être plus humains aussi.* Toutes ces personnes distanciées, lointaines, qui m'apparaissaient par leurs voix, visages connectés – gestes flous sur les écrans rectangulaires.

Et vous, vous allez comment ? nous demandait ma sœur, à moi et à ma mère. Tous les soirs à 17 heures on se parlait sur Skype à trois. *Ils ont enlevé mon balcon*, a dit ma mère, *mais je ne sais pas s'ils vont en construire un autre, les ouvriers sont partis.* Elle ouvrait la porte qui donnait sur le vide, elle se penchait pour voir l'avancement des travaux. *Normalement, lors d'une pandémie, ils ne sont pas censés continuer. Quand je sors avec un masque dans la rue, je me sens si étrange. Hier on m'a crié dessus.* Parfois le visage de ma mère se figeait, mais le son nous atteignait toujours. *Nos escaliers sont si étroits.*

Certains matins, je sortais de chez moi pour aller me balader, je ne changeais pas de trajet, c'était rassurant – des montagnes feuilletées, des herbes blanches. Je pouvais regarder loin et ensuite encore plus loin. Au début du trajet, en haut d'une maison, il y avait un chien sur le balcon. *Il est déprimé, c'est sûr*, plus tard je décrivais à mon voisin du dessous ses joues et ses yeux suspendus. À peine réveillé, il commençait à aboyer, mais sans aucune envie.

Dans les champs, avant d'arriver à la rivière, je croisais un habitant, toujours le même, il me reconnaissait depuis notre première rencontre, comme si je vivais par ici, comme s'il y avait une autre version de moi. *Alors, comment ça va ?* me disait-il et il souriait – *il fait beau aujourd'hui* ou *il va pleuvoir ce soir*.

Je passais à côté d'un terrain clôturé, il y avait deux poules, une marron et une grise, elles couraient pour me voir, joyeuses. *Je ne suis pas celle que vous croyez*, leur ai-je expliqué, deux brebis derrière me regardaient, étonnées. La noire avait l'air fâchée.

Je me souviens d'un chien frénétique que l'on a rencontré au Mans, il tremblait chaque fois qu'il nous voyait, voulait s'approcher, avait peur. À cette époque, j'habitais à Minsk, je venais chez celui qui n'était pas encore mon mari pour épuiser mon visa de trois mois. Un soir il m'a dit, *si la prochaine fois les autorités ne te laissent pas venir, il faudra faire quelque chose. Une révolution ?* ai-je demandé. *Non, se marier*, avait-il répondu, mais ce n'était pas une proposition. Le lendemain nous avons vu deux lapins dans une forêt où l'on faisait notre promenade quotidienne.

Je me rappelle ces matins mouvants à Saint-Pierre-d'Albigny, des arbres qui bougeaient avec le vent. Ces matins, le temps s'ouvrait, je ne pensais plus où j'irais ensuite. *Le chaos est vital*, ai-je lu quelque part. Je ne faisais plus de listes, j'avais oublié toutes les choses à ne pas oublier.

C'est comme pour la création de l'univers, une explosion, a dit mon voisin qui sortait de son corps, *parfaitement organisée*, ai-je pensé, *il faut chercher un point de bifurcation.*

Parfois le paysage autour devenait légèrement liquide, je regardais la transformation des nuages en temps réel, des formes se profilaient. Un soir j'ai vu un énorme oiseau, ailes ouvertes, ensuite c'est devenu une île avec un arbre. *Tu l'as vu ?* J'ai tapé à la porte de mon voisin Lucien, mais quand il est sorti et a levé la tête, le nuage avait changé de forme, tout partait avec ce vent.

Mon voisin du dessous a une technique lui permettant des sorties astrales. D'une façon non détaillée, il m'a expliqué qu'il y avait certains sons qui l'aidaient à changer de vibration, c'était aussi une affaire de respiration, un changement volontaire de fréquence, un passage à un autre niveau de présence permettant l'ubiquité. Il se met sur le dos, une main sur la poitrine, l'autre sur la jambe. Il quitte son corps en pleine journée, ses voyages astraux sont lointains, il ne m'a pas raconté par où il passait, il parle surtout des apprentissages qui ont lieu pendant ses trajets, quelqu'un remplace son cœur, il a des visites.

J'imagine ses kilomètres parcourus en hauteur, avec un corps autre, des paysages possibles. Est-il nu, a-t-il froid, voit-il le ciel ? *Comment sont tes bras quand tu voles ?* lui ai-je demandé. *C'est avec les mains que l'on se déplace*, m'a-t-il dit, *et les pieds*, et il m'a montré les points au centre, *de petits moteurs internes*. J'ai regardé mes paumes, la ligne de vie s'interrompait brusquement et reprenait ensuite, une coupure sur un pouce, fraîche et assez profonde, une brûlure sur le poignet. Je n'étais probablement pas prête pour sortir de mon corps, il s'agissait pour moi au contraire d'y revenir, d'être là.

Je découvre mes membres, mes organes – mon plexus solaire est triste, je demande à mon ventre de ne plus avoir peur. Je suis un organisme multiple, des parties plurielles avec chacune sa perception.

Parfois je descends chez Lucien pour prendre un verre de jus de pomme, *trouble*, précise-t-il, je regarde ses yeux et comprends qu'il n'est pas encore là. Je ne sais pas si ce sont les mentions disparates de ses voyages qui m'intriguent ou ses retours – son visage retrouve peu à peu sa consistance, des sourcils perdus, des yeux qui se réveillent, il prend un certain temps avant de se remettre dans ses traits. *Tu n'es pas encore là*, lui dis-je quand je vois son front, ses lèvres, ses joues non animés. Je me mets à côté, j'attends que son sourire redevienne le sien.

Si ses rideaux restent fermés, je pourrai éventuellement le perturber. *Tu marches doucement quand tu viens*, me dit-il. Sa porte est ouverte, il sort de son corps, un étage plus haut, je veux rattraper le mien, l'habiter férocement.

Je frappe à sa porte, lentement il m'ouvre, encore déboussolé. Je traverse son appartement pour aller sur sa terrasse. Il reste debout sur le seuil, un être catapulté de l'espace. Je me sens pourtant calme à ses côtés. *Je ne suis pas de cette terre*, me dit-il, tout sérieux. *Toi non plus, d'ailleurs.*

Je pense aujourd'hui à tous mes corps délaissés d'avant. Celui du mariage qui apprenait la mobilité – je faisais du vélo au Mans avec celui qui n'était pas encore mon mari, je tombais parfois en montant simplement sur le vélo, tout m'effrayait – les rails, les voitures, les villes, les personnes en face sur le même sentier. Je me sentais dangereuse pour les autres, un projectile aléatoire, vacillant sur une bicyclette incontrôlable.

Il me manquait des réflexes primaires de survie. *Regarde à droite*, criait celui qui m'aimait encore, *à gauche. Pour freiner, tu n'as pas besoin de sauter de ton vélo*, m'expliquait-il gentiment le soir, enlevant les coccinelles de son pull. On en avait plein à l'époque, endormies sur le bord de la fenêtre, jaunes, elles ont transformé la chambre en lieu d'hibernation. Sentir que quelqu'un prenait soin de moi me rassurait. C'est peut-être pour cette raison que je devenais davantage instable.

Des années plus tard, quand on était déjà mariés et que l'on habitait à Pau, je suis revenue de mon cours de code avec une joue ouverte, après être tombée de vélo sur un bout de fer. Mon mari était triste, comme s'il avait compris qu'il avait définitivement raté sa tentative de protéger ma vie. J'ai ri en lui racontant mes deux heures de cours à cacher ma joue qui saignait, parce que j'avais oublié le mot *pansement*.

Quand on nageait, il me suivait de près et me montrait les mouvements des bras, les jambes remontées, toujours préoccupé par ma survie comme si je ne pouvais pas m'en sortir toute seule, dans ce monde dangereux. Il m'a emmenée à vélo, moi, à califourchon entre la selle et le guidon, à mon premier cours de barre au sol, cours de danse ensuite.

Cette forme que prend l'amour, cet autre qui m'attrapait en chute et me mettait en marche.

Les nuits aux yeux fermés, ouverts, sans le vouloir, je réaménage mes souvenirs. *Une séparation est une étape, une porte*, dis-je à ma mère le matin par Skype, *une pâte à modeler.* J'attends une vie nouvelle comme une robe, une aventure, une occupation.

J'ai oublié de me retourner. Je n'ai rien gardé, je n'ai même pas ramassé un caillou, un bout de verre quand ma vie était encore celle d'avant, pour en garder un souvenir, comme un voyage dans un pays étranger qui finissait d'un coup.

En portugais, il existe un mot, *desencontro*, il désigne un décalage, un désaccord. Peut-être que la rencontre est quelque chose que l'on peut défaire, abolir par une action qui va dans une direction inverse. J'imagine comment on rembobine nos rapprochements, nos attirances – mes caresses n'atteignent plus l'autre qui m'échappe définitivement.

Ma voix de l'époque parle de mes vêtements entassés dans une cave chez Anaïs à Bizanos, des livres en vrac, d'une robe tachée, que je n'ai pas lavée avant de partir, des céréales dans des sacs ouverts, des hauts de maillots de bain, une palme, des papiers administratifs non triés, des objets dans les cartons avec des inscriptions ou non, du scotch, des bras arrachés.

Est-ce que mon passé est plus logique ?

Étais-je quelqu'un de plus identifiable avant ?

En couple, j'avais une adresse propre, des horaires. *J'étais à l'abri de la vie*, dis-je à Suzanne, avec regret peut-être. *Et aujourd'hui tu es dedans ?* me demande-t-elle. La vie est un lac, je nage au milieu : haut de maillot de bain, palme.

Une séparation est alors une étape, une porte, dis-je à mon téléphone. En m'entendant aujourd'hui je vois un corps oblique, debout sur la pointe des pieds.

Une de ces nuits, j'ai écrit un message à Anaïs, *sais-tu que nous sommes, de fait, multiples et sûrement fluides ?* Je l'ai envoyé par erreur à celui qui était toujours mon mari. *Comment ?* a-t-il répondu le lendemain matin, je ne sais pas s'il voulait avoir des outils pour y arriver ou s'il était liquide, lui aussi. *Tout le monde est fragmentaire, mais on n'en parle pas*, m'a répondu à son tour Anaïs. J'ai envoyé un message d'excuse à mon mari. Mes détours ne concernaient que moi.

Au mois de mars, d'avril, j'étudie mon corps en déséquilibre, pousse ses limites. Je veux sentir jusqu'où je pourrais aller, découvrir des occasions qui pourraient m'être offertes. J'aime me pencher davantage, compter les secondes. Rester suspendue, en attente du corps qui lâche, est très agréable.

Je découvre qu'une vingtaine de centimètres sont suffisants pour tenir mon corps – je répartis mon poids, monte mes jambes, elles deviennent légères. Mes bras en l'air, je déplace mon poids vers le ventre, le bas du dos. Un bout de chaise, de sol, une autre surface, me permettent d'explorer la flottaison. Combien de temps puis-je me tenir sans tomber ?

Si le point d'appui n'existe pas, je l'imagine, dis-je à mon voisin qui vole, il me regarde déployer mes jambes au-dessus du sol, étirer les bras, il ne paraît pas étonné. Tout est d'utilité, surtout les choses que l'on ne voit pas – une respiration, une envie, une quête. Je prends un verre de jus de pomme qu'il me tend, je pense aux empreintes de mes doigts qui vont rester sur son verre, des liens qui se font avec ses objets à lui.

Je déplace la table et les fauteuils contre un mur pour avoir plus d'espace. Je danse en face de mon ordinateur, je le pose sur la table basse. Ma caméra déclenchée, je me recule un peu pour que mon corps soit visible en entier. Alexeï et Olga, mes professeurs de théâtre physique, sont à Moscou. Je ne sais pas si à travers leurs fenêtres ils voient déjà un printemps précoce. *Des points divers du corps peuvent lancer une danse*, disent-ils avant de nous le montrer – un triangle des épaules et du ventre, de la poitrine et des genoux. Dans la pièce de leur appartement moscovite, si petite, il y a du parquet au sol, un bureau que l'on ne voit pas, mais dont on détecte la hauteur, celle du point de vue de la caméra, une armoire, un sac accroché sur une porte qui s'ouvre de temps en temps. Nous sommes douze, treize, des silhouettes en mouvement dans des lieux divers, des villes éloignées.

La danse peut commencer dans les doigts, les orteils – par un tout petit mouvement. Devant nos caméras respectives, nous déplaçons nos corps. Nos points de départ sont les mêmes, nos trajectoires si diverses. Parfois je m'arrête devant l'écran, je regarde les petits carrés des vidéos des autres qui bougent.

Je me sens entière, ai-je dit à mon voisin du dessous un de ces matins.

Tu as dit une chose avec tes mots et l'autre avec tes pieds, m'a-t-il répondu. Je me suis déplacée d'une dizaine de centimètres plus loin et ensuite j'ai fait le mouvement contraire.

Le soir du même jour, il a mis un sachet de verveine sous ma porte sans me prévenir, *je ne voulais pas te déranger*, m'a-t-il expliqué le lendemain. Je ne sais pas si la verveine était contente de passer de ses mains aux miennes, elle était froissée, en attente de rencontre. *Le vide peut tenir aussi*, m'a-t-il dit la fois suivante, quand on s'est revus.

Quel est le lien entre deux humains ? ai-je demandé à mon téléphone mi-avril.

Entre un animal et un humain ?

Entre une étoile qui tombe et celui qui ne la regarde pas ?

Entre la marée basse et les enfants qui ramassent des coquillages ?

Le lien existe, même si l'on n'arrive pas à le détecter, aurais-je pu répondre aujourd'hui.

Il doit exister sinon le monde aurait éclaté en morceaux depuis si longtemps.

J'évite le mot *séparation*, évanescent, il apparaît dans les conversations. *Pourquoi cette ville ?* me demande Lucien. *J'habite près de la frontière*, ai-je l'habitude de dire, *je ne dis pourtant pas laquelle*. Le mot *mariage* est inévitable, je fais un pas de côté, je précise, *plus ensemble*, je mets des phrases qui évoquent nous deux au passé.

La séparation est une panne, moi, un oiseau cassé. Une explication peut me réparer, il me faut une théorie quelconque. *Il y en a qui savent aimer et d'autres qui ne savent pas*, me dit la boulangère de Saint-Pierre-d'Albigny en me rendant la monnaie. Je fais l'inventaire de mes savoir-faire sentimentaux. Je découvre des brèches, des pannes, des cratères – une ignorance, de l'amateurisme.

Je me rappelle tous ces soirs d'automne parmi des gens alcoolisés, je descendais dans la nuit à vélo avec Anaïs, je pleurais au marché. *Une séparation, est-ce temporaire, ça dure longtemps ?* avais-je envie de demander à la fromagère. *Nous avons aussi du camembert de brebis*, m'a-t-elle annoncé.

Je voulais juste avoir de tes nouvelles, m'a écrit mon mari après deux semaines de silence. Je l'imagine dans son tee-shirt jaune, une trace horizontale laissée par un séchoir à linge, peau chaude.

Un soir il me parle d'une vibration des couleurs et des sons qu'on pouvait apercevoir quand on méditait. Mon ordinateur est cassé, un écran fissuré, je suis par terre, à 22 heures, *son télétravail demain matin*, ai-je pensé. *Aujourd'hui j'ai compris que c'était fini*, lui dis-je, étonnée. *J'aimerais bien que tu te passes de casser ton ordinateur*, répond-il. Est-il déjà au lit, me parle-t-il sous une couverture ?

Je passe toute la soirée dehors, allongée par terre – ma nuque touche les cailloux, je fixe les étoiles, les sens respirer, elles s'approchent et s'éloignent, une pulsation de cœurs lointains. Elles ont disparu depuis longtemps. Est-ce que ma présence leur permet de se prolonger davantage ? Comme on prolonge quelqu'un aperçu autrefois dans l'embrasure de la porte à la fin de la journée.

On m'observe peut-être d'en haut, il fait noir – mon corps entre une table en plastique et une porte. Je me sens comme un objet volant qui aurait oublié de décoller. J'imagine mon voisin qui me regarde à travers sa fenêtre, je me dis que demain il voudra avoir des explications.

L'Accident n'est pas une étoile, n'est certainement pas une planète, m'avait dit Anaïs par téléphone. *L'Accident est apparu pour la première fois le 3 novembre 2018 à l'astronome qui ne l'observait pas*, ai-je lu dans un article en anglais, le premier sur lequel je suis tombée, il a jeté un coup d'œil aux premières heures du matin sur son ordinateur portable qui effectuait une recherche automatique sur des images de télescopes spatiaux de la Nasa. Quelque chose d'étrange a surgi, n'était pas très net, mais rapide, traversait la galaxie à 200 kilomètres par seconde.

C'était apparemment une naine brune, ça veut dire une étoile ratée, m'a expliqué Anaïs, *elle se forme comme une étoile, mais ne gagne jamais assez de masse*. J'ai cherché sur Internet et j'ai découvert que les naines brunes n'étaient pas brunes, mais plutôt rouges, orange.

En raison de ses caractéristiques singulières et de sa découverte fortuite, elle a été surnommée l'Accident, ai-je lu.

Je glisse un des écouteurs avec de la musique dans une oreille, de l'autre j'entends le bruit de l'eau. Les cailloux me font un peu mal, la terrasse n'est pas adaptée aux corps non volants, j'ai froid aux jambes.

Rends ton cœur large, m'a dit Anaïs.
Tu n'auras plus mal ainsi.
Ça va exploser, lui ai-je dit.
Mais non, a-t-elle répondu.

Dans des circonstances problématiques, nous avons tous besoin d'une chanson. C'est mieux si cette chanson est joyeuse, mais on fait avec ce que l'on a sous la main.

L'air passe partout, il nous soutient.

Kupaliiinka kupaaalinka tsioomnaajaa noochka
Tsiomnaaja Noooschka, a dze zh tvaaia dochka
Tsiomnaaja Noooschka, a dze zh tvaaia dochka

Le voisin du dessous m'entend peut-être, il ne comprend pas la langue dans laquelle je chante, sent-il les voyelles qui résonnent, comme des chemins qui ondulent, des horizons qui se déplacent, des portes qui s'ouvrent ?

Kupalinka, kupalinka, la nuit est sombre
La nuit est sombre, mais où est ta fille
La nuit est sombre, mais où est ta fille

C'est une chanson de la nuit de Kupala, une fête païenne du solstice d'été où l'on cherche une fleur de fougère. *Ceux qui trouvent la plante*, m'a expliqué ma grand-mère qui me l'a chantée, *auront le pouvoir de comprendre le langage des animaux et des oiseaux.* J'imagine des centaines de personnes qui traversent la forêt nocturne en quête d'une fleur qui n'existe pas.

Ceux qui cherchent sont comme en suspension.

Les personnes suspendues comprennent la langue des animaux et des oiseaux.

Une étoile échouée, imagine-toi, dis-je à mon voisin le lendemain sur sa terrasse, *elle n'a pas eu la chance d'avoir vraiment existé. Les naines brunes n'ont pas leur propre source de chaleur, se refroidissent progressivement au fil des milliards d'années pour atteindre des températures plus basses.*

On chante ta chanson bélarusse ? me demande Lucien, il se lève, part, revient avec sa guitare. *Certaines rencontres sont des soleils possibles, mais manquent de sources de chaleur*, je lui réponds.

Je veux trouver un autre Accident, a déclaré l'astronome qui l'a découvert, *mais la prochaine fois ce ne sera pas par hasard.*

Moi aussi.

Une abeille m'a rendu visite, elle vole à peine, désorientée. Je mets du miel sur une feuille et elle reste, la trompe plongée. *Les abeilles sont poilues, marron, ne piquent pas facilement comme le font les guêpes*, répond Lucien à la question que je n'ai pas posée.

Quand quelqu'un m'inspire confiance, j'ai envie de m'approcher, juste pour voir ce qui se passe – si l'air change, si les arbres se détournent, les oiseaux. À la place je lui parle du rêve où j'ai été soulevée par mon mari, du fait d'être légère d'un coup, portée par quelqu'un. C'était un instant doux, il est resté dans mon corps au réveil, comme une possibilité d'être sans poids. *Tu dis toujours* mon, *quand tu parles de lui*, me dit le voisin à qui rien n'échappe, et aussi *ça t'est déjà arrivé de quitter ton corps la nuit?* C'est la sixième semaine de notre enfermement collectif, les rues des villes sont confuses, partir de mon corps est toujours une option, une possibilité intéressante dans ma quête de vie autre.

Les rencontres sont des réaménagements corporels, lui dis-je, *et se différencient par les contours.* J'ai capté quelque chose, même si ce n'est probablement qu'une illusion. Ça me plaît de regarder une relation amoureuse d'une façon générale, de loin. Je ne suis plus dedans, je peux tout comprendre sans être visée.

Il y a, expliqué-je à mon voisin du dessous qui ne m'écoute pas, *des relations rondes comme des planètes, on les porte, on les cache dans les joues.* C'est incompréhensible ce que je dis, mais il y a une sensation. J'éprouve cette rondeur possible dans l'air, chez lui, nous avons parlé du système solaire il y a quelques jours, il m'a dessiné Vénus, Mars.

Tu peux venir chez moi quand tu veux, il me répond, *mais parfois je ne suis pas vraiment là.* Le lendemain matin, la place de sa moto est vide comme sa cuisine, je tape à la porte, je vois à travers – son pull sur une chaise, tout seul. Je n'arrive pas à séparer un manque d'une inquiétude.

Le vide n'est pas vraiment vide, m'a expliqué mon grand-père, et cela m'a rassurée. Je ne sais pas comment il l'a su, s'il l'avait expérimenté ou appris. *Dans le vide il y a de la potentialité*, voulait-il peut-être me dire, *une histoire*.

Je me rappelle, j'ai 10 ans, et à partir d'une boule de neige et de branches, je fabrique le corps aléatoire d'une petite fille, assise par terre je me raconte quelque chose, c'est le jour où mon grand-père est mort, mon histoire le concerne. Tout est blanc autour, ce mélange : neige, soleil.

Je ne sais pas si je dessinais les constellations. Sur la neige on ne dessine pas de toute façon, on fait des trous, des lignes, des creux avec une branche. Il y a des points en dehors des constellations, des étoiles solitaires, je les imagine briller très fort, elles deviennent ainsi plus visibles pour les autres.

Ces jours printaniers, je parle à mes neurones afin de les persuader de construire d'autres chemins, potentiellement plus heureux. Des actes sans logique me donnent de l'énergie, je me réveille à une heure de la nuit et me lève comme si c'était le matin, je crie comme un corbeau, une toux intérieure rentrée dans la gorge, pousse de l'air sans lui donner trop d'espace. Les corbeaux me répondent par sympathie ou par hasard. Parlent-ils à quelqu'un d'autre ? Je ne veux plus de cette séparation du monde, je veux être dedans, incluse.

Je me souviens des choses qui n'ont, elles, jamais eu lieu. Dans un livre sur la visualisation mentale, j'apprends que l'imagination est un muscle à entraîner, que l'on peut serrer la main, froncer les sourcils ou tout simplement s'imaginer en train de le faire et que pour notre cerveau c'est pareil. J'apprends que pour pratiquer il est possible de commencer avec des figures géométriques basiques – un cercle, un carré. Il faut poser cette figure devant ses yeux intérieurs, la laisser apparaître, devenir plus nette sur les contours, ajouter de la couleur, l'imaginer en papier, en bois, en métal, changer de taille, la laisser exister en nous, la déplacer très lentement. Il est possible de commencer avec de toutes petites choses – figures géométriques, objets quotidiens. Plus tard on fait apparaître des espaces larges qui nous abriteront.

Pour voir la forêt, je comprends, il faut fermer les yeux. Il faut un certain temps pour qu'elle apparaisse. C'est comme la natation : la première chose que l'on fait c'est se mettre sur le dos et se détendre, rester immobile nous permet de flotter.

Mets-toi toute droite, me disait mon mari quand il était encore mon mari, *incline-toi un peu, les bras en avant, avance vite, tu pourras attraper une vague.*

Quand on s'arrête les yeux fermés et que notre corps se relâche – les arbres sous nos paupières commencent à bouger, mais parfois il faut s'entraîner pendant des jours comme avec les vagues, et c'est ce que j'ai fait. Les yeux fermés, certains cherchent avec leurs mains, tendent les bras devant eux, tournent, ils évitent ainsi des obstacles. Parfois on peut sentir de petits tremblements dans le corps – des bancs de poissons qui se déplacent dans des mers lointaines.

Je m'entraîne à voir avec la peau, les doigts. Mon couvre-lit devient une tente sombre, celle où les chasseurs de la taïga communiquent avec les êtres qui sont habituellement leurs proies. Les esprits les visitent pour leur montrer des chemins. Je suis sur le dos, relâche tous mes muscles, ma mâchoire, ouvre ma tête.

Je cherche la forêt dans cet espace où j'éteins la lumière, où je ne dors pas encore, mon corps perd sa tension de la journée, je découvre une logique différente, celle qui me permettra d'attraper une vague ou d'avancer dans un rêve.

Une fois dans ma forêt, je lèverai la tête et je verrai le ciel noir constellé de points lumineux.

Il y a des zones diverses à l'intérieur de nous, me dit Lucien. Il me regarde et ensuite se retourne, c'est peut-être un bruit qui l'a attiré. Le vent déplace les feuilles, des objets divers – cette masse d'air désobéissante. Quand il fait des mouvements brusques de la tête, ses boucles ondulent. Parfois je ne vois plus ses yeux.

Ces zones différentes correspondent aux personnes que l'on a connues ou aux périodes que l'on a vécues ou – il ne finit pas sa phrase.

Je m'imagine dans une cabine téléphonique dont les vitres sont couvertes de brume : j'appelle quelqu'un, personne au bout du fil, je n'arrive pas à distinguer ce qu'il y a autour, c'est peut-être une rue la nuit.

Passer d'une zone à l'autre veut dire oublier certains lieux de soi, ajoute-t-il. Il y a un silence après, un peu tremblant comme dans les moments où l'on devine des choses du futur ou que l'on révèle des événements du passé. Dans ce silence je range mes souvenirs. Je vois ma ville natale et ses rues larges, déplacées : je rentre chez moi, j'ai nagé dans un lac à côté de la datcha d'une amie, on était dans le noir, en juin.

Je reviens les cheveux mouillés le matin du samedi – ce matin, avant l'aube, je passe à côté des rails, mais les tramways ne sont pas encore réveillés. Je monte quatre étages, j'ouvre la porte de l'appartement, j'essaie de ne pas faire de bruit pour ne pas réveiller ma mère, je le fais quand même. Mon chat est assis au milieu du couloir, me regarde, garde sa distance.

Parfois on se sent à la maison en parlant à quelqu'un, continue mon voisin. Quand je l'entends parler, je sens que ce présent dans lequel on évoque des espaces délimités va s'estomper, devenir une zone de plus, lointaine. Je vais peut-être me souvenir de sa position face à moi, en diagonale, entre nous il y a une table en bois, le soleil est fort, le vent fait tomber son tabac, ses filtres.

Je ne sais pas si lui aussi voit des paysages lointains matinaux. Si le mot *zone* lui fait penser à celles contaminées après des explosions ou aux aéroports où l'on ne peut pas se déplacer sans se faire contrôler nos identités et nos valises.

Il m'a dit que parfois il oubliait certains événements, *des zones aveugles. À un moment donné, j'ai pensé qu'il s'agissait peut-être d'un problème de mémoire, mais les médecins n'ont rien trouvé*, m'a-t-il confié.

C'est en parlant à Serge au téléphone à la fin de l'enfermement collectif que j'ai ressenti le besoin de partir de Savoie, de me déplacer, de me remettre en mouvement. *Il faut peut-être que tu aies un chez-toi*, me répond-il, *un chez-toi où tu pourrais rester. Rester ?* demandé-je. J'imagine mon corps arrêté, dans le même appartement depuis des mois, entre les murs, sur le sol stable. Comment est-ce : avoir une boîte aux lettres où mon nom est écrit, posséder quelques jeux de clés, acheter une lampe ou une chaise ? Cela me paraît nouveau, étonnant et assez impossible : mon chez-moi est toujours ailleurs, il change tout le temps.

Je cherche, lui ai-je dit, *mais pas à l'extérieur*. Je suis assise dans le potager de Suzanne, où je coupe quelques brins de romarin, je froisse dans mes mains ses épines, les approche de mes narines – cela sent la forêt.

Dans certains de mes rêves, je cherche un lieu précis. Je n'ai pas le nom de ce lieu ni de coordonnées géographiques. Je n'ai qu'une sensation obscure et la couleur. C'est un endroit où des lignes se croisent : la ligne des collines, celle d'un virage, le contour d'un lac, des arbres.

Je dessine des lignes, dis-je à Serge. *Sais-tu que la ligne de Pau à Minsk est de 2 700 kilomètres ? Mais ça dépend comment on mesure : si on la dessine sur terre en passant par les routes praticables ou si on trace juste la ligne la plus directe à vol d'oiseau.*

Sur ma carte intérieure réapparaissent les points de toutes les villes où j'ai habité : Kiev, Saint-Pétersbourg, Paris, Poitiers, Lisbonne, Madrid, Istanbul, Vilnius.

Dans ces villes vivent des personnes autrefois proches, dis-je à Serge.

Entre Minsk et Kiev, la ligne est de 530 kilomètres, j'y ai vécu deux ans.

Entre Minsk et Saint-Pétersbourg – 792 kilomètres, j'y ai fait mes études.

Entre Minsk et Vilnius – 184 kilomètres, j'y ai travaillé comme enseignante.

Puis-je relier tous ces points et trouver celui au centre, un point géographique éloigné d'une façon équilibrée de toutes les personnes que j'aime ? demandé-je à Serge.

Peut-être que ce centre est à l'intérieur de toi ? répond Serge avant de raccrocher.

Combien de kilomètres faut-il parcourir pour trouver un chez-soi, demandé-je à mon téléphone, *surtout si on n'a pas de nom ni de coordonnées géographiques ?*

La personne avec laquelle j'étais avant est partie voir quelqu'un d'autre au Portugal, dit mon voisin du dessous début mai. Il ne dit pas *mon ancienne copine* ou *mon ex. Quand on emploie un adjectif possessif, on raccroche cette personne à soi et elle ne part plus*, m'explique-t-il. *Les gens ne sont jamais à nous.*

Les matins, j'attends que son reflet apparaisse dans la fenêtre – ses pieds nus. En face de sa porte il y a une vitre couverte de poussière, c'est dans cette vitre que je le vois. Il ne peut pas le deviner : je descends parce que je sais qu'il est là.

De toute façon je ne vais pas rester, me déclare-t-il et je sens chez lui le vent qui passe, cette inconstance de liens, je tiens sa main même quand je ne la tiens pas.

La personne avec laquelle j'étais avant est partie voir quelqu'un au Portugal, m'explique-t-il.

Elle ne me l'a pas dit, mais je l'ai su.

Dans sa tête Lucien m'appelle parfois par le prénom de la personne avec qui il était avant. Il me l'a avoué un jour.

Il y a des jours où il me porte sur son dos ou il m'appelle *patate*. Il y a des jours où je me dis qu'il ressemble à quelqu'un que j'ai aimé ou que j'aimerai. Cela ne me dérange pas d'être quelqu'un d'autre pour lui. Nous faisons ce que nous pouvons avec nos souvenirs rattrapés, des amours transformées.

Mon voisin du dessous met un matelas dehors pour que l'on regarde les étoiles, imite le chant d'un oiseau qui lui répond, m'explique qu'il lui arrive de parler avec une autre version de moi, celle du futur.

Nous sommes tous au bord du précipice ce printemps, n'est-ce pas merveilleux ? demandé-je à Anaïs par téléphone.

Dans mon corps, je découvre que tout peut servir de mesure, par exemple l'empan, une distance de 20 centimètres entre le pouce et l'auriculaire : il faut écarter les doigts. Je peux me mettre au sol, coïncider avec la ligne de la terre, je ne le fais pas. Personne ne m'a expliqué que la première chose que l'on ressent en face d'un autre corps est un mélange de froid et de tendresse.

Le matin, j'ai effrité le thym corse entre mes mains, une odeur citronnée au bout des doigts, je les ai mis près de mon visage, c'était comme le soleil sur le front, le ciel sans forme. *Cette plante a un goût d'huître*, m'a expliqué mon voisin du dessous, des fleurs violettes – des mollusques végétaux.

J'ai passé quelques heures dans la verdure, pour manger les feuilles des orties, *tu les roules de l'intérieur vers l'extérieur, elles ne piqueront plus*, il m'a passé un bout d'herbe, celui qui était près de la racine, tout blanc – *goûte, c'est sucré.*

Je suis près d'un mur, il n'est pas lisse mais frais. Lucien s'est assis en face, il y a une fenêtre ouverte, est-ce le vent ou la vitesse de l'air expiré, la tension du diaphragme ? Je ne regarde pas dans ses yeux, je regarde plus haut – la peau des paupières, les sourcils. Si je tourne la tête, il sera à la frontière de ma zone de visibilité, une tache timide, des contours flous. Pourquoi enlève-t-on ses habits, quand on est déjà nu ?

Je lui ai dit que je ne partirais pas, et après il m'a fixée sans trembler, a souri – *tu l'as eu à nouveau*, puis a pointé du doigt les poils soulevés sur mes bras, un tremblement ? Comme des graines de pissenlit qui s'envolent. Est-ce un désir ou une gêne triste ? Il est à mes côtés, les millimètres entre les orteils sont douloureux comme les minutes. Que fait-on quand l'envie de toucher l'autre empêche de le toucher ? Cette épaule où l'os est près de la peau, un avant-bras à la température élevée. Je ne regarde pas ses lèvres mais son menton. C'est impossible de le regarder en entier, son visage bouge. Il a posé la main sur ma jambe, ou sur mon bras, ou sur mon épaule – quelque part sur le corps qui n'en peut plus. Embrasser quelqu'un, c'est comme tomber ailleurs, je l'embrasse.

Le matin, une mante religieuse s'est installée à côté quand je prenais mon café, *tigre de l'herbe, on l'appelle*, m'a expliqué Lucien, *cheval du diable*. L'insecte a tourné les yeux sans tourner la tête et m'a regardée, ce regard direct, son corps gonflait, des antennes mouvantes. J'ai voulu la caresser, elle s'est déplacée, un mouvement incertain. Elle était peut-être blessée. *Elles peuvent attraper des petits oiseaux, tu le savais ?* m'a dit Lucien, *des chauves-souris. Les femelles mangent les mâles pendant ou après l'accouplement* – la dernière phrase était probablement une blague, mais il n'a pas souri.

Ses yeux sont douloureux, son corps se détache de lui et va en avant. Son épaule est trop proche. J'ai besoin de distance. Je ne regarde plus ses paupières, je vois ailleurs.

Je fixe ses chevilles, un endroit non protégé du corps. Peut-il joindre son index et son pouce autour ? J'essaie de revoir son allure, marche-t-il avec la tête, avec les épaules, le bassin, les genoux ? Est-ce que l'intention naît avant le mouvement ? C'est quoi un été pour lui, un soir, un mardi ? Comment voit-il le ciel, est-ce qu'il a les mêmes problèmes que moi avec la respiration, y a-t-il des matins où il voit flou ? Sur quel côté dort-il ? Sont-ils lents ses rêves ? Combien de minutes prend-il pour la douche, comment coupe-t-il une pomme ? Vers quel côté s'inclinent ses lettres quand il écrit un mot à un proche ?

Ferme la porte, dis-je, *s'il te plaît*, et ensuite – *baisse le rideau*, et ensuite *reviens.*

La disposition de mon corps change la géométrie de la chambre, il se passe quelque chose avec les murs, le sent-il aussi ? Ses doigts dans ma bouche ou mes doigts, la bouche de qui ? Nous sommes suspendus, je vois les cimes des arbres, même avec les rideaux fermés, *les oiseaux nous matent*, me dit-il. Les arbres ne sont plus verticaux. Quels arbres ? Nous sommes à l'intérieur, on les entend trembler, je suis sourde, mais ce vent.

Elle est comment ta forêt? demandé-je à Lucien.
Bleue, dit-il, *violette.*
Bleue ou violette alors?
Les deux, répond-il.
Tu la vois de loin? demandé-je.
Oui, mais elle s'approche.
C'est la forêt qui s'approche ou c'est toi?

Regarde sous tes pieds, qu'est-ce que tu vois?
De la terre, marron, grise, elle est rouge aussi.
Rouge?
Mes chaussures, elles sont couvertes de terre rouge, je sens mes pieds dans les chaussures, ils deviennent plus lourds. J'avance lentement, ça glisse, il faut que je fasse un effort pour ne pas tomber.

Dans combien de temps seras-tu dans la forêt intérieure?
Cinq minutes, c'est à 500 mètres.

Qu'est-ce que tu vois ?
Je sens le vent tout proche sur mes joues.

Qu'est-ce que tu vois ?
Le noir.
Est-ce la nuit ?
Peut-être. Je vois des étoiles ou quelque chose qui y ressemble.

Rappelle-toi pourquoi tu es là.
Je cherche.
Tu cherches ?
Je sais que je suis venu pour quelque chose, pour quelqu'un. Mes chaussures sont rouges, des étoiles en feu.

Parle-moi des étoiles.
Il y en a beaucoup, c'est comme au mois d'août, c'est comme si j'avais envie de courir, mais je marche lentement, autrefois j'ai couru.

Continue.
J'ai couru, j'ai couru et ensuite on est tombés dans la neige.
Au mois d'août ?
Allongé, j'ai tourné la tête et j'ai vu des traces que nous avions laissées.
Qui ça nous ?
Toi et Moi.

Il fait très chaud la semaine avant mon départ, c'est pour cette raison que je sens le temps plus suspendu, c'est le silence que la chaleur crée, remplie de la vitalité des insectes, sa continuité devient différente.

Qu'est-ce qui nous lie ? demandé-je à mon voisin qui restera en Savoie quand je partirai.

Tu reconnais celle-là ? me dit-il sans répondre à ma question.

L'étoile qu'il me montre est la plus lumineuse.

Vénus ? Lucien sourit, je le sens, son visage est pourtant tourné dans une autre direction.

Je viens de cette étoile, mon voisin montre un point éloigné, *et toi ?*

Qu'est-ce qui nous lie ? redemandé-je.

Une constellation ? me répond-il, *une histoire ?*

Mon grand-père, trente ans plus tôt, feuilletait des constellations dans son atlas, touchait des pages, suivait les points lumineux, le soir sa main se déplaçait dans le ciel, noir, vaporeux, clignotant. J'essayais de retenir les noms, mais je ne réussissais pas toujours, j'ai compris pourtant que la géométrie comptait pour ces corps célestes qui se regroupaient dans cette quête d'un chemin, d'un abri, d'une amitié.

Quand nous regardons des étoiles, nous regardons dans le passé, ai-je lu chez Karen Barad.

Parfois je regarde ma vie de loin, d'en haut, je suis étonnée de sa logique.

Je me rappelle ce jour où je suis venue avec ma valise en France, c'était la fin de l'été, j'ai pris un avion, me suis endormie pendant le trajet. Je me rappelle la période où je travaillais aux Archives de Paris, je mettais dans un fichier numérique des informations provenant des déclarations de décès, je notais le nom des personnes, leur âge, le montant de leur héritage, le nom des héritiers. Toutes ces données servaient à comprendre la répartition de la richesse en France, sa circulation générationnelle. Ces déclarations ne précisaient pas si les personnes décédées étaient amoureuses, angoissées, apeurées ou joyeuses, si parfois elles regardaient leur vie et y voyaient les régularités ou les chemins pris de travers.

J'essaie d'observer la mienne : ces chemins multiples, épars. Je vois des lignes coupées : je suis partie du Bélarus, j'ai quitté mon travail de professeure à l'université, laissé mes affaires chez ma mère. Ma fuite m'offrait la possibilité de devenir quelqu'un d'autre, pour y arriver il me fallait un autre récit.

Deux ans plus tard, j'ai emménagé à Pau, un mois avant notre mariage, je me rappelle les manches des vêtements débordant des valises, les crèmes pour le visage renversées, les shampoings. Nous avons loué un appartement, celui qui n'était pas encore mon mari m'a envoyé des photos – des portes en bois, peintes en blanc, un couloir vitré, rempli de fenêtres, une absence de séparation entre la cuisine et le salon, une cheminée condamnée.

Ce déménagement a été la possibilité d'une existence nouvelle – il fallait choisir un matelas, mettre un bureau, rempoter des plantes. Notre ficus rapporté de l'appartement d'avant avait bataillé pour survivre, un ami tendre, combien de fois avait-il perdu ses feuilles, les avait-il retrouvées ? J'ai commandé la gravure d'un artiste bélarusse pour la mettre dans la cuisine, *Un pont qui chemine*, j'aimais tant ses lignes fines, fragiles, ses pieds fracassés, le vide devant, déconcertant.

Suis-je devenue ce pont, cette gravure, ce vide ? Si un chemin se termine par là, est-ce qu'un autre apparaîtra ailleurs ? Ce ne sont pas les photos du mariage qui peuvent me raconter quoi que ce soit, je regarde ma robe rouge, ses chaussettes de la même couleur, les fleurs dans mes cheveux, sa veste bleue.

Je retrouve dans mon cahier les lignes qui commencent droites, mais ensuite changent de direction, tournent, se cassent. Pourquoi ai-je décidé que les lignes permettaient de comprendre ou donnaient un appui ? Pourquoi mon chemin devait-il être aligné ou logique si je le voulais juste joyeux ?

L'ai-je attrapée, cette vague, dont mon mari m'a parlé, ou est-ce juste un vertige qui vient avant, ce pressentiment d'une chute, une suspension passagère ?

Un jour mon corps s'est figé dans ce mouvement soudain, et je suis restée ainsi une vingtaine de mois – inclinée. Peut-être que c'était ainsi depuis toujours.

Vous avez oublié de respirer, m'a dit mon médecin généraliste.

Le secret, ai-je répondu, *c'est de se balancer vers le futur.*

Plus tard, j'ai appris à changer l'ordre des événements dans l'espace où la lumière était éteinte, à redistribuer leur poids affectif, à réparer le passé.

Quand on change le passé, on change le futur, tout le monde le sait, disais-je à mon téléphone.

Un an après mon départ de Savoie je me suis retrouvée dans un appartement à Pau où j'avais vécu deux ans auparavant. Je me suis dévisagée dans un miroir accroché dans le couloir et j'ai constaté une absence de changement. Tout avait changé pourtant.

Aujourd'hui j'observe la ligne de vie sur ma main gauche, elle s'interrompt au milieu, paraît si courte. Cette ligne sur ma main droite reprend un peu plus loin. Peut-être n'était-ce qu'une suspension passagère ?

Pour trouver un chez-toi, tu peux faire un tour de France, me suggère mon voisin qui reste, *chaque fois quand tu vas dans une nouvelle ville, tu t'y imagines et tu visites des appartements pour le rendre plus concret*, il se tient devant sa porte, pieds nus comme d'habitude, ses cheveux bouclés sont cachés sous un bonnet. Il me paraît perdu ou pensif ou ailleurs ou extrêmement là, sa guitare posée à côté. *Quand tu improvises, il s'agit de toucher des notes autour de celle qui est la bonne*, dit-il, il met ses doigts sur les cordes de la guitare, appuie, glisse doucement. Chercher un chemin, une maison, signifie peut-être chavirer autour, prendre les décisions instables.

Quelques jours après cette conversation, je refais ma valise rouge, je n'ai pas d'idée précise ni les coordonnées géographiques d'un chez-moi potentiel. Je cherche à vue.

Une amie me propose de sous-louer son appartement à Bayonne pendant l'été, un autre hasard devient ma possibilité. Je reviens à Pau pour récupérer mes affaires et réorganiser mes cartons dans une cave chez Anaïs, je libère ma chambre. Je fais des allers-retours à pied avec mes valises entre Bizanos et Pau. Celui qui est toujours mon mari est parti en voyage d'affaires, je passe une semaine dans l'appartement qui était le nôtre.

Je pars pour Bayonne début juin. J'y habite trois mois d'été, hésite à récupérer l'appartement pour y emménager définitivement en automne. *Votre profil ne convient pas*, on me dit à l'agence où je dépose mon dossier, j'ai des revenus irréguliers et un statut suspect, il me manque probablement quelque chose.

Faire seule ce que l'on fait à plusieurs transforme le temps de la journée. Il devient à la fois élastique et compact, certaines minutes sont étirées. À Bayonne je m'amuse à procéder d'une façon chaotique, me lever à 3 heures du matin, faire une sieste à 10 heures, aller à la plage à 17 heures.

J'ai deux endroits pour dormir – une mezzanine, il faut monter l'escalier, et une chambre. Certaines nuits je change de lit plusieurs fois, remonte et redescends l'escalier avec une couverture et un coussin en essayant de ne pas blesser la plante posée sur les marches. Dans la chambre, il y a beaucoup de bruit, sur la mezzanine, il fait trop chaud, je n'arrive pas à savoir lequel des deux inconforts – corporel ou sonore – est le plus perturbant.

Une femme qui vit au rez-de-chaussée me dit que *j'ai pris des couleurs*, je ne lui demande pas lesquelles. J'essaie de m'habituer aux sons qui me réveillent la nuit – des passants rentrant chez eux, leurs conversations amplifiées par l'acoustique particulière des rues étroites. Tous ces inconnus s'installent dans mes rêves, une moto part, je mets la couverture sur ma tête, ferme la fenêtre, ma nuit est découpée.

Dormir en pointillé influence mon état dans la journée – je suis fugace. Je me demande si je peux consoler un homme qui *en a marre*, sa voix aiguë dans un appartement en face, des volets fermés, une fenêtre ouverte. Je vois les jambes d'un couple au premier étage, détourne le regard. Quand je descends pour aller à la plage, le chien de la femme du rez-de-chaussée aboie, *n'aie pas peur, elle n'est pas méchante*, lui dit sa maîtresse en me pointant du doigt. Je ne sais pourtant pas ce que je suis.

Cette rancœur que j'ai, expliqué-je à celui qui est toujours mon mari au mois de juillet, mon reflet dans ses lunettes, un masque sur le visage dans une rue animée de Pau. *J'ai compris*, dit-il, et aussi, *c'est difficile quand tu pleures dans les endroits publics*. Je n'arrive pas à me situer, confrontée à la fois aux problèmes métaphysiques et logistiques. Je dois être quelqu'un pour les résoudre. Quand j'appelle celui qui assurait ma vraisemblance avant, je mets une autre personne à ma place, elle a des projets de futur, une adresse, une mutuelle, de la stabilité et de la persévérance.

Tu as une respiration haute, renversée, me dit Lucien au téléphone. Il s'étouffe à ma place, par empathie. Je réduis la quantité d'oxygène inspirée, comme si je prenais beaucoup de place qui n'était pas à moi, peut-être que si je suis diminuée davantage, je trouverai où vivre plus rapidement.

Je découvre que j'aime l'horizon dégagé, la neige silencieuse, la terre grasse, l'absence de foule, le matin embrumé. Est-ce pour ça que je me retrouve à Paris, dans l'appartement de Suzanne, le même où celui qui ne m'aimait plus a avoué ses sentiments ? Je ne m'entends pas, une oreille interne bouchée, *qu'est-ce que tu as dit tout à l'heure ?*

Au mois de septembre je mets tous mes cartons dans le fourgon de Jérôme, pour un trajet de Pau à Paris. On part en plein orage, des branches cassées en guise d'adieux. Jérôme fait des photos sur la route sans cadrer, avec une main. Sur ces photos, j'aurai un air aléatoire.

On peut se sentir chez soi partout, me dit ma mère qui depuis cinq mois habite à Barcelone chez ma sœur.

Elle est partie du Bélarus lors des répressions massives d'octobre 2021. Elle a pris deux avions – un à Istanbul qui faisait le tour par la Russie sans survoler l'Ukraine et un autre d'Istanbul à Barcelone. Impossible de prendre un vol direct, la zone aérienne au-dessus du Bélarus était interdite après la descente forcée d'un avion revenant d'Athènes à Vilnius qui transportait un journaliste d'opposition.

Pour se diriger vers l'ouest, il faut passer par l'est, tout le monde le sait. On brouille les pistes, on cache nos traces.

Ma mère a réussi à quitter le pays, elle me dit que jusqu'à la fin elle n'y croyait pas. Je me rappelle une photo de ma mère à l'arrivée, envoyée par ma sœur, elle était assise sur le canapé. On sentait que quelque chose de très tendu s'était relâché dans son corps, ma sœur était à ses côtés, mes neveux aussi.

C'est plus facile quand on ne cherche pas où habiter, il n'y a pas de frustrations, me rassure-t-elle, *je suis heureuse d'être ici, de redécouvrir chaque matin que cet ici existe.*

Est-ce que toi aussi tu te sens suspendue ? Je ne lui pose pas cette question.

Ne pas avoir de maison ne veut pas dire qu'on a nulle part où vivre. De ce point de vue, nous sommes plutôt chanceux, ajoute-t-elle. Je devine qu'il y a plusieurs chez-soi, temporaires. Des appartements loués pour des durées déterminées, ceux des autres.

J'imagine les silhouettes flottantes des femmes de ma famille, des points sur une carte du ciel. Dans nos déplacements, nous sommes liées d'une certaine façon – entre nous des fils invisibles, tremblants. Chaque fois que je monte dans le train, je suis avec ma famille, jamais seule.

Je pense à l'appartement que ma mère a laissé à Minsk, dans un bâtiment de cinq étages, elle habitait au quatrième, ma grand-mère au cinquième. Le trajet entre les deux appartements prenait quatre minutes : il fallait descendre l'escalier, ressortir du bâtiment et entrer par une autre porte.

Je ne sais combien de fois dans ma vie j'ai fait ce trajet en courant, plusieurs fois par jour quand j'y vivais, même aujourd'hui je peux ressentir la surface de la rampe d'escalier sur ma paume, la peinture qui part, l'inclinaison de mon corps au passage des étages, le bruit de la sonnette ou la configuration de la clé, de la serrure, la voix de ma grand-mère quand elle entendait quelqu'un entrer chez elle, et elle demandait *Leeeeeeena ?*

Cela fait deux ans que je ne suis pas allée là-bas. Ma grand-mère est morte depuis. Quelques nuits avant sa mort, je me suis réveillée dans mon lit à Paris, brusquement, et en train de chanter. On chante très rarement dans les rêves. Mais cette fois-ci j'ai ressenti ma voix ouverte, une vibration dans la poitrine et le ventre, c'était sa chanson à elle.

Chaque fois que je retournais à Minsk et que je venais la voir, je me disais que cela pourrait être la dernière, c'étaient des adieux répétés, je lui faisais un bisou sur le front. Je regardais sa tête toute blanche, elle ne me voyait plus, parfois je glissais les doigts dans ses cheveux et elle savait que j'étais là. Chaque fois, je n'étais pas sûre qu'elle me reconnaîtrait.

À la fin de sa vie, ma grand-mère, qui avait traversé toute la Russie, a réduit ses itinéraires, ses déplacements. À un moment donné elle ne sortait plus de l'appartement, ne se levait plus de son lit, c'est là qu'elle a commencé à perdre la vue, l'ouïe, à être un peu ailleurs. Quelques mots en ukrainien lui sont revenus, elle était dorénavant dans son enfance.

Elle n'avait jamais voyagé en dehors de l'Union soviétique, je ne sais pas comment elle imaginait ma vie en France, je la voyais quand même à Paris avec moi, assise sur le balcon, le matin de ce rêve où l'on chantait ensemble, c'est sur le même balcon que j'étais en train de m'habituer à son absence dans ma vie, quelques semaines après sa mort j'ai pu me rendre compte de son départ : j'ai compris que même si je revenais à Minsk, je ne la reverrais plus.

À l'automne, après le déménagement à Paris, des raisons professionnelles, personnelles, quelconques m'ont obligée à me déplacer sans cesse. Je répondais aux commandes ponctuelles, aux quatre coins de la France : des traductions, des cours de théâtre en russe, la saisie de données aux Archives de Paris, la recherche de documents pour un chercheur bélarusse.

Ma stabilité suivait les lignes du réseau TGV et TER, je changeais systématiquement de lieu de réveil, de position du soleil devant la fenêtre, j'aimais cette concentration retrouvée à un endroit nouveau, je recomposais ma journée : l'heure du lever, une lumière allumée, une pensée, un café, un deuxième.

J'allais de Saint-Denis en Pays de la Loire, de Savoie en Normandie, des Pyrénées-Atlantiques aux Alpes-Maritimes. Je devenais capable de boucler ma valise en dix minutes, il y avait une technique : je passais par toutes les pièces de l'endroit où je me trouvais et je prenais le plus important, enlevais ensuite tout ce dont je pouvais me passer. À la fin j'ajoutais des objets non indispensables, substituant le nécessaire. Je pouvais tout remplacer : le chez-soi par une tasse, une amitié par un tapis d'acupuncture, une vie familiale par un coussin à mémoire de forme.

Je savais combien de temps cela prenait d'aller à la gare Montparnasse, la gare de Lyon, la gare du Nord aux différentes heures de la journée. Mon téléphone était rempli de billets numériques. Mon temps était découpé, ma suspension définie. *Tu es où ?* me demandait ma professeure de danse quand je prenais mes cours de barre au sol en visio, elle apercevait ma valise dans un coin, elle commentait parfois le revêtement de mes chambres passagères, le parquet. Dans certains appartements, il fallait fermer les rideaux pour ne pas apparaître en tenue de sport devant mes collègues temporaires. J'espérais que la musique de mes cours ne perturbait pas mes voisins.

Durant cette époque, j'ai fait un stage de danse bungee. J'ai passé un dimanche accrochée à la corde qui rebondissait chaque fois que je me laissais aller, mon corps tombait pour être rattrapé au dernier moment, renvoyé dans la direction inverse, la chute était très agréable. Je n'habitais pas dans un lieu précis, j'essayais d'habiter mon corps.

Un homme rencontré à ce stage avec un nez à moitié caché par un masque m'a dit que j'avais l'énergie du loup, du chien blanc, son regard rouge. *Tu peux aller courir dans une forêt nocturne*, m'a-t-il dit, et ensuite, *je suis revenu de sombres profondeurs*. Autour de nous, on mangeait des sandwichs falafels et des chawarmas, on fumait.

J'ai retrouvé ma certitude dans les phrases obscures que j'offrais aux autres, parfois j'appelais mes amis ou proches rien que pour vérifier s'ils reconnaissaient ma voix, voyaient apparaître mon prénom sur l'écran de leur téléphone. *C'est moi*, disais-je, mon intonation était interrogative, je pensais à Levinas et à son angoisse de l'interruption dont parlait Derrida – au téléphone Levinas semblait à chaque instant appréhender la coupure, le silence, la disparition, il rappelait aussitôt, rattrapait d'un *allô, allô* entre chaque phrase. *C'est moi*, murmurais-je à quelqu'un de lointain et à mon téléphone, *tu m'entends, tu m'écoutes, tu es là ?*

Certains matins, je me réveillais désorientée, le temps de reconnaître les murs, le plafond, l'intensité de la lumière. Je cherchais surtout des repères – cœur, pieds, nuque, ventre, foie, sens, tendresse. Tout ce qui était à l'extérieur paraissait flou – amoureux, amis, voisins, météo, villes. Est-ce qu'hier je m'étais réveillée là, serais-je ici la semaine prochaine ? Je ne savais jamais par où commencer la journée, quel serait mon point de départ, je me demandais si les autres voyaient une ligne droite devant leurs yeux, si leurs panneaux indicateurs étaient plus clairs. Mon point d'appui était accidentel – un lieu, une lumière d'en haut, une parenthèse de montagnes, un voisin qui me reconnaissait, un marchand de légumes qui me mettait quelques pommes en plus.

C'est quoi ta forêt ? demandé-je à ma mère.

Il est 7 heures du matin, elle n'est pas encore bien réveillée, elle se met sur le trajet du soleil. Nous parlons par Skype, je suis habituée à la voir sur l'écran de mon ordinateur, je devine la pièce où elle vit. Derrière il y a un balcon, si elle ne ferme pas les rideaux, je n'arrive pas à distinguer son visage – à la place une lumière rouge, parfois jaune –, elle est assise devant le bureau, là où l'ordinateur est posé. Il est hors-champ, mais je sais où il est.

C'est celle en Lituanie, me dit-elle, et elle me parle de l'isthme de Courlande, d'une flèche littorale sablonneuse qui sépare la rive orientale de la mer Baltique et la lagune de Courlande. *C'est une bande de terre étroite entre deux eaux*, explique-t-elle. *Sa partie nord-est appartient à la Lituanie, sa partie sud-ouest à la Russie.*

Avant d'arriver à la mer, tu passes par la forêt, elle est comme au Bélarus : les pins, les bouleaux, les chênes, des herbes mélangées aux fleurs, il y a des framboisiers, des fraisiers et des pins dansants qui ont changé la direction de leur tronc à cause du vent, me dit-elle.

J'imagine ma mère dans cette forêt, elle ne bouge pas, elle regarde, je la vois de dos, mais je sens qu'elle est contente, elle respire calmement, ses gestes ralentissent.

Continue, lui demandé-je.

Elle est transparente, claire, reprend ma mère. *Il y a une baie avec de l'eau douce, pas de vent, il fait chaud*, et elle me parle de ce chemin qu'elle suit dans le silence. *Et puis un bruit arrive*, sourit ma mère, *j'entends la mer et je me découvre sur le sable, je m'approche d'une falaise.*

Ce n'est pas une disparition pour moi, me dit celui qui est toujours mon mari, assis en face. Des mites sortent des céréales, s'agglutinent sur les murs, anges mineurs. On est dans la cuisine de l'appartement d'Anaïs, entre nous – une table en bois.

Ce n'est pas une disparition, a-t-il dit, cela l'a été pour moi, un dérèglement intérieur, des mois sans personne en face, ma chambre donnait sur le cimetière – de l'autre côté –, une rivière et des arbres déployés.

Un an et quelques mois après notre séparation, il est venu me chercher à la gare, il faisait beaucoup plus chaud à Pau qu'à Paris, il m'a apporté un paquet de café, tout entier, et du pain sans gluten. *Il faut que je te montre* – sur son téléphone portable, la photo d'une photo, toujours accrochée au mur chez ses parents. *Ils t'ont pas oubliée*, a-t-il dit en référence à notre conversation où je confessais me sentir arrachée d'un cliché familial. On avait l'air de danser, il imitait mes gestes, l'image avait été prise sur la plage de Saint-Girons par Irina.

J'ai eu une invasion d'asticots, m'a-t-il raconté avant de partir, j'ai imaginé un plafond couvert d'insectes, la vie était partout finalement. *Je les ai enlevés un par un*, a-t-il avoué, *je ne voulais pas les tuer*. Une image tendre que je garderai de lui à un mois et demi du divorce.

Le même jour, j'ai pleuré devant un agent SNCF à la gare Montparnasse à Paris, *vous perdez votre temps, madame*, m'a-t-il pourtant dit. Sa forme si rassurante, mon train était néanmoins parti. *Il faut vous adresser au guichet*, a-t-il ajouté, puis s'est éloigné pour échapper à mes larmes contagieuses. *Il faut venir une demi-heure avant*, m'a expliqué la dame au guichet. *Cela fait grandir*, m'a rassurée Trouero, en face de la gare, son plaid tombait par terre. *Les voyages c'est important, mais parfois on passe du temps dans une salle d'attente.*

Cette compassion que je ressentais pour notre couple d'il y a deux ans, on était en vacances, deux poissons mélancoliques flânant dans une ville espagnole étouffante entre une baignade du matin et un déjeuner copieux, parfois main dans la main, parfois désorientés, essayant de trouver les chemins sans GPS.

Toutes ces vies possibles, serait-on réels ailleurs ? Ses épaules fines, sa tête qu'il avait commencé à raser, notre incapacité à vivre ensemble, mes affaires en vrac par terre, tout ce sable accumulé dans la salle de bains – un appartement loué sur Airbnb, un chien aux poils rouges.

C'était quand même une disparition, je regardais la rue vide quand il partait à vélo.

Dans la boîte aux lettres, j'ai trouvé un avis de passage, une lettre recommandée de mon avocate, une convention de divorce envoyée à mon ancienne adresse. *La lune tourne dans son papier du soir*, m'a écrit Anaïs par texto.

Le désamour arrive subitement comme une chute, dis-je le même soir à mon téléphone, mais aussi peut-être à mon mari, *ce n'est pas une opposition à l'amour, c'est sa suite possible, tendre.*

Mon grand-père m'a expliqué que les étoiles ne tombaient pas, que ce n'étaient pas des étoiles, mais des météorites qui brûlaient, des cailloux qui traversaient l'atmosphère terrestre.

Les chutes sont des déplacements ravissants, ai-je compris : on voit des objets imprévisibles entrer dans l'atmosphère pour la première fois.

Petite dans mon lit je fabriquais des étoiles. Pour y arriver, je réalisais l'opération suivante : je fermais les yeux et imaginais un vertige, comme si le ciel était juste au-dessus, rond, noir. J'appuyais légèrement sur mes paupières. Quand elles étaient remplies d'éclats colorés, j'ouvrais les yeux avec mes doigts, des étoiles apparaissaient sur le plafond.

Vous les voyez ? demandé-je parfois à mes amis, mes proches, je ferme les yeux et mets mes paumes par-dessus.

Qui n'aimerait pas être une étoile filante ? Même si cela veut dire être consommé par la chaleur et tomber en débris à la fin. Sommes-nous des objets qui parcourent les vies des autres, des corps lumineux de passage ? On trace, on éclaire, on s'évanouit quelque part.

Dans le bus, près du jardin du Luxembourg, Lucien est assis en face. Certaines minutes sont comme celle-ci, je le regarde et je me demande si tout cela a une réalité, une durée de vie, une date de péremption.

Mais là, il est devant moi, dans un bus parisien, en chemise blanche – ses cheveux bouclés partent dans tous les sens, la ville court à l'envers et le temps aussi. *La planète respire*, murmure-t-il à la femme assise à côté avant de lui demander quel est son groupe sanguin et si elle sait soigner avec les mains. Il a cette capacité à s'adresser aux inconnus et de les emmener ailleurs.

Nous sommes dans un rêve, me dit-il juste après, le monde devient liquide, ses vagues floues. *Cette femme me suit*, crie-t-il aux policiers dans le métro parisien en me montrant du doigt. *L'amour ce n'est pas facile*, avoue-t-il à un homme dans la rame du RER.

Au début du mois d'octobre, je commence à perdre mes contours. Juste avant pourtant je ressens de la joie, explosive, comme un mécanisme précipité de protection qui se met en place avant que je ressente un malaise. *Je vais me déguiser en animal*, dis-je à Amandine, trois semaines avant le divorce, *je viendrai chez les avocates couverte de plumes*, j'ai envie de transformer cette géométrie inhumaine en fête débordante, le divorce peut-il devenir un spectacle de rue ? Mon allégresse féroce se transforme en quelque chose d'autre. Je découvre chez moi une capacité à retarder certaines émotions, à détourner mon cœur, je peux ne pas chuter.

Dorénavant je suis un point non identifiable qui bouge sur une carte numérique, traverse les rues, s'arrête subitement, change de direction. Je fais la fête toute seule ou en compagnie de personnes aléatoires, presque inconnues.

Tout est potentiellement possible, les restrictions sanitaires prises en compte. Au mois d'octobre, j'habite à Saint-

Denis chez mes amis Suzanne et Mathieu, mes témoins de mariage, devenus témoins de quelque chose de moins conventionnel probablement.

En face de mes cartons, stupéfaite, je cherche une autre fiction – je sors du mariage comme on sort de l'eau, comme on entre dans une forêt, comme on court dans la neige –, je retrouve ma vitalité oubliée, cette joie. Je suis pourtant dans mon lit, sans mouvements, parfois je ne me lève pas. Quand j'y arrive, je descends les cinq étages, me retrouve dans une rue animée, je regarde dans les yeux des personnes plongées dans leur vie profondément réelle – le trottoir, l'attente au feu, le banc, la caisse du supermarché. Je suis incapable de maintenir la vraisemblance du social, la surface est tremblante.

Il y a des jours où je dors tout le temps, mange dans le lit, regarde des films lents et mélancoliques avec des chiens qui courent dans les champs, des voitures qui roulent dans les collines embrumées. Les films où il ne se passe rien sont les meilleurs.

Mes rêves deviennent lourds et multiples, je me réveille de l'un d'eux, l'autre vient sans que je le demande. Dans certains, je porte une robe mouillée, me balade dans une grande maison. *Svet vsegda so mnoï, la lumière est toujours avec moi*, dis-je en russe à mon téléphone pour me rassurer, le matin ou le soir. Est-ce une phrase volée dans un film, un livre, et pourquoi celle-ci ?

Vos lacets sont défaits est la phrase que j'entends le plus ces jours-ci, des inconnus attentionnés au marché s'arrêtent pour me parler. Mes chaussures mal mises me lient aux gens, leurs regards soucieux, leur tendresse aléatoire. *Envoie-moi ton visage*, m'écrit ma mère, *je l'ai perdu*, lui dis-je, *j'ai pris celui qui n'était pas le mien.*

Quand je me lève tôt, j'ai l'impression de tenir quelque chose entre mes mains : une aube, une journée, une tasse de café *I am vision* écrit dessus en lettres rouges. Je suis dans un état d'alerte qui me réveille en dehors des heures générales, je contrôle le passage du temps, les minutes ne me fuient pas, je gère particulièrement bien.

Je mets certains de mes livres en pile à côté de la cloison, des rangées obliques dans la chambre. J'en lis plusieurs en même temps. Le monde m'échappe, je capte son vertige, vois flou. Je prends certaines phrases de ces livres comme des appuis, comme une respiration empruntée.

Je mélange des lentilles avec des légumes, laisse la casserole sur le feu plus longtemps qu'il ne le faut, ils brûlent, je remplis des casseroles d'eau, ça sent le cramé, l'épicé. Mes cartons ne sont défaits qu'à moitié, deviennent anonymes, comportant des objets autrefois nécessaires, aujourd'hui potentiellement dangereux. Je les rassemble hors de ma vue dans une pièce au fond, sous un lit auprès du mur. Je ferme la porte pour qu'ils ne me regardent pas. *Ce n'est pas encore mon point d'arrivée*, dis-je à ma mère, je ne sais pourtant pas où je vais. Chaque matin je vais dans la salle de bains pour me voir dans le miroir, mais c'est toujours quelqu'un d'autre.

C'est si agréable de chuter, dis-je aujourd'hui à mon téléphone en pensant à cette toute première seconde où l'on quitte une surface stable sans savoir exactement où l'on va atterrir. Je monte parfois sur la pointe des pieds, l'inclinaison de mon axe change, cela me rappelle tous les moments dans ma vie où j'ai dévié de ma trajectoire.

Quand on chute, on apprend qui l'on est :
une étoile filante,
un corps lourd,
une nuit ?

La chute ouvre des portes, dis-je à Lucien, je sens qu'il doit connaître cette sensation inquiétante et agréable de devenir quelqu'un d'autre. *N'es-tu pas fatigué d'être toujours le même ?* demandé-je.

En octobre 2017, Oumuamua, un objet interstellaire qui n'avait pas encore ce nom, est passé par notre système solaire, personne n'avait été prévenu de sa venue.

Je l'ai lu sur la page de France Inter à 3 heures de la nuit, qui devenait le matin. C'était une de ces enquêtes pertinentes que je faisais quand je n'arrivais pas à dormir. J'ai cherché une image, j'ai vu un rocher géant de forme irrégulière, suspendu dans ce mélange de lumière et d'ombre que l'on appelle espace. À 4 heures du matin, à Paris, j'étais apaisée.

On lui a donné un nom – *C/2017 U1* d'abord, *C* correspond à comète, *A/2017 U1* ensuite, mais ce n'était pas un astéroïde, il est devenu finalement *I/2017 U1*, un objet interstellaire.

On l'a détecté depuis l'observatoire du Haleakalā, un centre de recherche astronomique situé au sommet du volcan Haleakalā sur l'île de Maui, et on lui a donné le surnom hawaïen *Oumuamua*.

Cette nuit-là j'enregistre ma voix qui répète ce surnom mélodique plusieurs fois, *Oumuamua, Oumuamua*, une chanson solitaire, nocturne.

Le lendemain, dans le train qui relie Paris à Pau à plus de 300 kilomètres / heure, j'imagine une masse tendre, sombre, qui se déplace, je vois son itinéraire courageux, probablement le seul de sa vie. *Il devait y avoir une urgence, une nécessité – on ne se lance pas dans un voyage pareil sans nécessité absolue*, écris-je à Lucien qui ne me répond pas.

Oumuamua veut dire messager venu de loin, le premier, expliqué-je à Anaïs lors d'un arrêt à Bordeaux, elle est très silencieuse, attentive à ma joie, inquiète peut-être aussi. *Oumuamua n'est ni comète ni astéroïde, on ne sait pas pourquoi Oumuamua a accéléré, dévié.*

Quand des personnes se rencontrent une fois, elles se rencontrent ensuite tout le temps, partout. Mon train avance dans une direction précise, ne dévie pas, mais accélère. Il y a peut-être un autre train qui traverse la France en sens inverse, avec la même vitesse, la ligne diagonale, tous ces kilomètres qui nous lient, nous séparent.

Ce comportement est insolent, dis-je à une femme assise en face de moi dans le train, je pense aux étoiles qui tombent même si elles ne tombent pas, des lignes parallèles se croisent quand cela devient nécessaire. Je m'approche de la ville où nous allons rendre notre séparation officielle. Cette déviation se concrétise.

Nous avons parafé la convention en sept exemplaires, à dix minutes de l'appartement où nous vivions, il y avait treize pages, on était silencieux, je n'arrivais pas à regarder celui qui était encore un mari et devenait un étranger. Est-ce que chaque page parafée nous éloignait davantage ? Je mettais à l'oblique certaines initiales, les rendais illisibles, des lettres énervées. Un mélange d'irritation et de détresse que je ressentais.

Les deux avocates étaient en face, je regardais vers le ciel, mon visage était parti, personne ne l'a vu. J'avais les cheveux mouillés, celui qui était en train de devenir un étranger n'a pas enlevé sa veste. Il était si petit ce bureau, si sombre. Cet acte sans importance, un rituel incompris, un geste répétitif – celui de la signature, j'aurais dû produire un mouvement inattendu, brusque, j'aurais dû courir ou chanter ou me mettre sous la table, ne pas venir tout simplement – mais j'étais là, habillée convenablement, je parafais les feuilles inutiles.

Je suis sortie en vitesse, je n'ai peut-être pas dit au revoir. *Vous allez bien ?* m'a demandé l'avocate par téléphone une heure après, inquiétée par mon silence, cette jurisprudence humaine. Je cherchais à élargir un espace en moi, mes côtes ne m'obéissaient plus, même quand j'étais allongée par terre, ma respiration était étroite.

Il te faut une opération magique, m'a dit Serge quand il est venu me voir, ma valise était ouverte, les vêtements par terre. Pensait-il aux débordements nocturnes ?

Notre travail est de créer du sens et *Pourquoi veux-tu le voir ?* m'a-t-il dit dans deux phrases très éloignées l'une de l'autre, dont l'une était une question. *Pour détourner le cours des choses*, voulais-je lui répondre à l'angle du bâtiment avant de monter chez celui qui était devenu un ex-mari deux heures auparavant.

Je suis venue dans l'appartement qui était le nôtre autrefois, une bouteille de champagne à la main, mon opération magique avait des bulles. *Je pensais que tu allais m'engueuler*, une heure avant par téléphone je lui ai dit que *j'étais fâchée*, même si je ne savais pas exactement ce que j'étais. J'ai fait le tour de l'appartement, décollé mes photos de son frigo, regardé mon visage dans le miroir de ses toilettes. Nous avons parlé des démocraties horizontales, de la liberté de parole, de tous ces sujets postdivorce amicaux et détendus.

Il avait un bonnet sur la tête, il faisait froid dans l'appartement, j'ai décidé de partir à un moment donné, il m'a remerciée pour le champagne, *une excellente idée*, a-t-il précisé, je lui enverrai une photo de chat un mois et demi plus tard, il la trouvera *trop sympa*.

Trois semaines après le divorce, j'ai gardé le livret de famille où figurait le nom de la personne avec laquelle j'étais mariée auparavant. Je n'avais toujours pas de domicile officiel, j'allais passer mes vacances en Bretagne avec Elizabeth.

L'appartement que nous avions loué faisait penser à un bateau, des fenêtres sur la mer, tout le long du salon, arrondi. Ce bateau allait quelque part, mais je ne savais pas où. Le 30 octobre nous nous sommes baignées, l'eau était si froide, mais l'audace et la tristesse permettaient tout. Des mouettes dispersées se réjouissaient à la veille d'un deuxième confinement. Le lendemain nous avons vu un dauphin adolescent dans le port, le corps glissant et étonnamment petit, il a passé beaucoup de temps près d'un bateau sans bouger à nous épier, à tel point que je me suis demandé s'il allait bien. Que voyait-il d'en bas – des êtres bavards, curieux, agglutinés pour le prendre en photo ? Il est reparti ensuite, brusquement, assombri.

J'ai ce rêve qui m'arrive de temps en temps – j'y découvre un passage secret, au détour d'une rue, dans une ville, m'a dit Elizabeth un de ces soirs bretons. *Il me permet d'aller au Chili, en une dizaine de minutes, sans prendre l'avion.*

Ce passage existe, m'a dit Lucien au téléphone, *très peu le savent.* J'ai imaginé qu'hier il avait fait ses courses à Santiago.

Si le temps nécessaire pour atteindre un point géographique lointain pouvait rétrécir pour des raisons inconnues, est-ce que ça voudrait dire qu'on pourrait aussi fabriquer des passages efficaces entre les événements du passé, du futur ? ai-je dit à mon téléphone, je tenais probablement un fil.

Dans l'*Atlas de la face cachée de la Lune*, je garde une feuille de papier pliée en quatre. Sur cette feuille, mon grand-père a écrit : *Je reviens dans quinze minutes*, il a dessiné une constellation d'Orion en dessous. Cette constellation me fait penser à un sablier, je sais alors que quinze minutes ont une durée incertaine, il suffit de le retourner et tout recommence.

Quand je n'ai pas de questions, j'ouvre l'atlas et je déplie la feuille, avec les doigts je relie les points d'Orion.

Personne ne disparaît, dis-je.

Ou

Le chemin pour atteindre quelqu'un peut être long ou court.

Ou

Un jour, il y a quelqu'un qui viendra vous voir : une montagne, une étoile, un voisin, un corbeau, un objet interstellaire.

Un phénomène particulier se produit dans un cœur désaimé : les cellules du muscle cardiaque se figent, la contractilité du ventricule gauche ne fonctionne plus. La base du cœur continue pourtant à pomper, féroce, pendant que sa pointe reste immobile, gonfle. Un cœur désaimé est une force interdite, une naine brune, une étoile qui n'a pas eu lieu. Si on ne donne pas assez de place aux cœurs forts, ils risquent de partir en l'air, de nous faire exploser.

Que ferait-on pour arriver à toucher l'autre – on se jette dans l'inconnu, on entre dans son système solaire. On dévie, on croise ce chemin parallèle rien que pour une caresse imperceptible – celle de l'air sur la peau d'une étoile, un salut de proximité.

Citer les autres est une occupation déconcertante, je les ramène à mes côtés, leurs phrases à moitié inventées. Tombe-t-on en amitié comme en amour, décide-t-on de se mettre en déséquilibre, des gouttes l'une après l'autre ?

Il n'y a pas dans cette archive fantastique de texte original, de corps propre, ai-je lu chez Derrida. Je regarde tous ces êtres potentiels et proches qui se logent en moi, leur respiration est si fragile. Certaines liaisons prennent parfois la forme de choses autres, espaces vides, réarrangements imaginaires, veux-tu être mon amour adoptif?

Mes amis, mes proches ne sont plus à moi – des êtres volatils viennent, partent quand ils le veulent, leurs visages si beaux. Celui qui a été mon mari n'avait jamais été le mien, ai-je découvert. C'est le soir, on parle dans notre appartement d'autrefois, debout, dans la verrière, distants l'un de l'autre, on regarde par la fenêtre. *Chaque fois que je vais chez mon psy, je lui demande s'il va bien, sinon personne ne le fait*, m'avoue-t-il.

Veux-tu reprendre l'appartement ? me demande-t-il plus tard.

Un arbre fait-il du bruit quand il tombe si personne n'est là pour l'entendre ?

La forêt existe-t-elle si ce n'est que moi qui la vois ?

Pendant vingt mois je me réveillais le matin et avant que le passé ne m'embarque, troublant, je m'imaginais ailleurs où j'étais indemne : un futur quelconque, une ligne temporelle parallèle. Cet autre moi me racontait des histoires et la journée à vivre était différente.

Les histoires nous rattrapent. Elles nous disent *ne tombe pas, s'il te plaît*, et on ne tombe pas. C'est ainsi que la séparation devient une fête foraine, la chute devient un état à potentialités.

En février, dix-sept mois après l'appel qui a légèrement perturbé un mouvement ordonné de ma vie, je demande à mon neveu de me dessiner le système solaire. Nous sommes à Barcelone, chez ma sœur, il numérote les planètes pour que je comprenne leur éloignement du Soleil. Je parle ensuite à ma nièce de la planète qui n'est plus considérée comme telle. *On la dessine ?* elle me propose, *comme ça elle ne sera pas triste ?* Et nous la dessinons à plusieurs reprises et avec des couleurs différentes, ainsi nous sauvons Pluton de sa baisse de moral passagère.

Comment est ta forêt ? ai-je souvent demandé à mes amis, mes proches, et je découvre ainsi un endroit où ils sont en sécurité. Pour ne pas perdre la mienne, j'ai trouvé une image qui me la rappelait. C'est une photographe italienne qui l'a prise – on voit les arbres d'en bas, à taille humaine, un petit flash d'appareil photo éclaire les cimes de manière frontale. Les pins sont hauts. Ce ne sont pas les mêmes pins que dans ma forêt, mais cela me va ainsi.

Chaque fois que j'allume mon ordinateur pour lire des messages accumulés dans ma boîte mail, je vois cette forêt et cela me permet de me retrouver.

Dans ma forêt, c'est souvent la nuit. Pour la traverser il faut faire attention aux fougères, elles me retiennent, s'accrochent, violettes. Dans ma forêt, les pins font le triple de ma taille. L'air est épais. Ma forêt aurait pu être noire tant elle est dense. Mais de la lumière provient des étoiles, alors ma forêt est bleue.

Il y a eu du soleil à mon retour à Pau, *t'as oublié ta veste*, rappelé-je à celui qui a été un mari, *tu me la laisseras en boule devant l'entrée*, me dit-il, *pour que je ne dérange pas ton espace*, cette distance tendre, la non-intrusion amicale. Le matin, les rues sont transparentes, la boulangère ne m'a peut-être pas reconnue. Je bois un café place des Pyrénées, un pigeon atterrit sur une table à côté pour picorer les miettes laissées par une dame qui juste avant le chassait d'un coup de pied, le biscuit est trop dur pour son bec.

L'appartement est vide, celui qui a été un mari m'avait envoyé les photos du salon sans table, sans canapé, sans bureau, sans chaises, la chambre sans lit. *Comme ça tu t'habitues à l'appartement qui se vide*, m'a écrit celui qui ne m'aimait plus, sa tendresse lui échappait pourtant.

Une amie a repris notre matelas. *Je tourne la page*, m'a-t-il avoué quand je lui ai demandé s'il reviendrait à Pau. *Mon frère reprendra le cactus*, a-t-il ajouté. *Il y a toujours quelques affaires à toi par ici, ton sac de piscine, par exemple.*

Était-il perdu pendant ces mois où je n'étais pas là ? Les arbres ont poussé.

Je dors par terre, teste une autre direction d'oreiller. De ma fenêtre, je vois les ventres et les pattes pliées des oiseaux, des hirondelles changent leur trajectoire, imprévisibles, je constate qu'il y a des vélos supplémentaires près des boîtes aux lettres, c'est à moi dorénavant d'envoyer les photos du courrier reçu à celui qui, d'ouvrir ses enveloppes.

Les cartons remplissent le salon, mes livres ont fait 1 600 kilomètres aller-retour en une année, je ne sais pas s'ils se sentent plus mûrs. Je les ai sortis de leurs boîtes et les ai classés par pays, ensuite je les ai mélangés, ils continuaient à voyager. Serge m'a confié un jour qu'il avait rangé ses livres par couleur. *C'était très beau*, a-t-il dit, *mais je ne pouvais rien trouver.*

Quand le soleil se lève, le meilleur ce sont les minutes d'avant, on fixe quelque chose sans détourner le regard, on détecte des changements minimes, on prévoit l'endroit précis de l'apparition du globe, ce premier fragment. Quand on voit l'astre se lever, on sent que la terre bouge, c'est un repère.

Une rupture a eu lieu, comme arrivent les rencontres, les adieux, les coïncidences. Être perméable est déroutant : les trains me traversent, les personnes, les oiseaux.

Je reviens à Paris fin août pour un stage de danse, j'apprends à gérer mes jambes, mes poumons, ma tête, mon cœur. Je marche dans la rue de la Goutte-d'Or, la lumière est déjà automnale, plus constante. Anaïs est à mes côtés et je capte son regard dirigé vers l'arrière, je tourne la tête. Une poche externe de mon sac à dos est ouverte, je vois la main de quelqu'un, c'est drôle et lent – une main inconnue sort une trousse, une cuillère, un mouchoir. Je me demande comment elle arrive à tout tenir à la fois. Je regarde le jeune homme qui tient mes affaires. Il y a une logique, peut-être. *Que vas-tu faire avec ?* lui demandé-je, étonnée, je prends sa main, retire mes affaires, il me regarde, sourit.

Je cherche mon téléphone, mon portefeuille, une nervosité m'atteint en retard. Je sors des bouts de pain, des noisettes, renverse du lait fermenté sur mon pardessus, mon sac à dos, mon pull, le trottoir. Anaïs sort son tee-shirt, elle est si calme, je suis ailleurs. Elle essuie mon pardessus, mon sac, mon pull. Elle a cette capacité à rester tendre dans les moments de panique des autres. Les gens passent, pigeons, nuages, je regarde les gouttes blanches partout sur mes habits – *des étoiles*, pensé-je, *renversées.*

Quand nous regardons le ciel nocturne, écrit Karen Barad, *nous voyons des configurations d'étoiles, certaines sont plus éloignées.* L'homme qui a mis la main dans mon sac est parti, je ne suis pas sûre de voir son dos au coin de la rue, mais peut-être celui de son ami, une personne à ses côtés, comme Anaïs, toute proche. *Puisque la vitesse de la lumière est constante*, continue Karen Barad, *quand nous regardons des objets plus éloignés, c'est comme si nous regardions plus loin dans le passé. Une constellation est une configuration de temporalités multiples*, j'observe les gouttes de lait fermenté, Anaïs les essuie, des passants s'approchent, s'éloignent, circulent – tous ces temps entremêlés.

Certains moments sont ainsi, imprévus, joyeux, contiennent tous les autres – passés, présents, futurs. Il y a ces minutes qui sont comme des éclats.

Je me rappelle partout – en Turquie, avec celui qui n'est plus un mari. On est debout dans la mer Égée, l'eau nous monte jusqu'aux genoux, nous sommes habillés. Il avait besoin de voir la mer, d'y entrer. C'était le soir, si doux, on était proches. Ce moment où l'on sentait peut-être les années ensemble à venir, ce vertige de pressentiment.

Je me souviens lorsqu'on a vu un aigle de Bonelli, il a déployé ses ailes devant le pare-brise pour s'envoler au moment même où l'on passait à côté, il nous a attendus. J'ai vu ses plumes, son vol attardé. Dix minutes avant, on faisait écouter de la musique classique aux vaches depuis l'autoradio, on a ouvert la portière, elles se sont approchées, leurs têtes énormes, attentives, à l'écoute.

Karen Barad parle du potentiel condensé dans un seul point : *ce maintenant épais du présent.* Je suis sur un trottoir de Paris, cette éclaboussure, mon sac ouvert, du lait renversé, cette main inconnue et celle d'Anaïs – *enfermée dans ce petit morceau de matière*, dit Barad, *une force matérielle si énorme que sa libération reconfigure le tissu de l'espace-temps.*

Il y a eu un autre soir, dix ans auparavant, on était avec Suzanne à Cabo da Roca au Portugal, un bout de l'Europe, la fin du monde, du brouillard. On ne parvenait pas à voir quoi que ce soit, c'était humide et impossible, probable. Nous avons passé une heure à essayer de distinguer le lointain, mais surtout de ressentir ce qui arrive quand quelque chose se termine. On a failli rater le dernier bus pour Lisbonne, tout était embrouillé. Le bus était finalement arrivé, il était vide, nous n'étions que deux et la tendresse était partout.

La tendresse était peut-être là aussi quand on a parafé nos conventions multiples de divorce dans ce bureau avec des avocates en face pour clôturer ce qui avait été notre amour. La signature apposée sur la dernière page signifiait que légalement tout était fini, mais continuait pourtant ailleurs, hors de la loi.

Le soir même, nous avons bu du champagne dans un appartement qui était le nôtre autrefois, celui qui n'était plus un mari, beau, étonné, avait froid, ne savait pas non plus nommer ce qui avait lieu après.

Le désamour arrive comme une chute, moment de concentration reconfigurant un espace-temps, comme le point d'arrivée et de départ. Le désamour est généreux – on laisse l'autre s'en aller, son corps autonome, sans nous.

Dans notre salon, avec quelques plantes par terre et la bouteille de champagne vide, la tendresse s'est déployée malgré lui, moi, nous. Il le ressent, et notre appartement est rassuré et la mer Égée joyeuse et l'aigle de Bonelli inattendu et le brouillard et le jeune homme et la brique de lait renversée et les gens qui nous regardent et Anaïs qui me sourit en pleine rue de la Goutte-d'Or à Paris.

Cette nuit mon cœur est devenu une comète, un astre chevelu, un corps céleste. J'étais dans mon lit, par la fenêtre ouverte on entendait la musique. J'ai mis les mains sur ma peau, vers la gauche, en haut, je ne savais jamais où le chercher quand il s'arrêtait, il était plutôt au centre. Il faisait -15 °C dans ma poitrine, comme au mois de novembre à Minsk, comme dans un frigo, aurait dit celui qui était un mari. J'ai écouté ses battements minuscules, rares, des flocons de neige. Une comète peut peser 1 014 kilogrammes, cela ne se déplace pas facilement.

Une comète s'est arrêtée dans ma poitrine, de la glace et de la poussière, quels débris. C'était un peu lourd et volumineux pour un corps de 49 kilogrammes à peine, si long à fondre, à des années-lumière, une dizaine de mois passés dans le sud de l'Espagne. Tout ce temps, je n'en avais pas. J'ai compté les secondes, même si le temps est différent dans le corps et dans l'espace. J'ai compté les secondes-années.

J'ai eu peur une nuit, ce cœur voulait quitter mon corps, cette nausée. Je lui ai parlé, je ne me rappelle pas ce que je lui ai dit. Qu'est-ce qu'on raconte aux astres chevelus quand on ne dort pas à 1 h 45, jeudi, allongée dans un lit d'un appartement de 53 mètres carrés, dans le sud-ouest de la France (à une heure vingt de voiture de l'océan, trente minutes des montagnes) ? Qu'est-ce qu'on lui raconte quand il prend trop de place et ne rentre pas dans l'appartement de 53 mètres carrés ni dans le bâtiment ni dans la rue, peut-être même que cette ville de 31,52 kilomètres carrés ne lui suffisait pas cette nuit.

La chute et l'effondrement d'un régime, d'une institution.
L'amour est-il un régime ou une institution ?
Peut-il s'effondrer ? dis-je à mon téléphone.
La chute termine une histoire, un récit.
À la fin on tombe ou on s'envole ?

Il est 4 heures et je me suis allongée dans cette rue que l'on n'a jamais appelée *la nôtre*. La nuit n'est pas noire en ville. Toutes ces étoiles perdues, des voitures dont les feux de route allumés m'éclairent. Toutes ces pensées non réciproques, appels non décrochés, lettres renvoyées à leur destinataire. Tous ces liens qui existent néanmoins, des constellations.

Tu es où ? m'a demandé hier celui avec qui j'ai passé sept ans de ma vie. Sommes-nous devenus deux points lumineux dessinés dans des coins différents de la même feuille ? De temps en temps on lance un signal vers l'autre – un geste de la main, un hochement de tête, cela fait bouger l'air entre nous, cela éclaire autour. *Tu me vois ? Je suis de passage, je suis arrivée, je vais rester quelque temps*, ai-je envie d'annoncer à tous ceux que j'ai aimés.

Quand on s'est rencontrés quelque part, on ne se perd plus.

Il suffit de fermer les yeux.

Je les ferme.

REMERCIEMENTS

Merci à ma famille.
Merci à Amandine, Anne, Charlotte, Elitza, Guillaume, Irina, Jef, Laurent, Mashka, Mathias, Pascaline, Roxana, Sabaline, Simon, Sophie, Stéphane.
Merci à Jeanne et Yves, mes éditeurs.

Composition : Entrelignes (64)
Achevé d'imprimer
par CPI Firmin-Didot
à Mesnil-sur-l'Estrée, en février 2023
Dépôt légal : février 2023
Numéro d'imprimeur : 173977

ISBN : 978-2-07-301934-9/Imprimé en France

560392